KB108174

추억은 그리움을 타고

추억은 그리움을 타고

발행일 2020년 12월 10일

지은이 김은정
펴낸이 손형국
펴낸곳 (주)북랩
편집인 선일영
디자인 이현수, 한수희, 김민하, 김윤주, 허지혜
마케팅 김회란, 박진관, 장은별
편집 정두철, 윤성아, 최승헌, 배진용, 이예지
제작 박기성, 황동현, 구성우, 권태련
출판등록 2004. 12. 1(제2012-000051호)
주소 서울특별시 금천구 가산디지털 1로 168, 우림라이온스밸리 B동 B113~114호, C동 B101호
홈페이지 www.book.co.kr
전화번호 (02)2026-5777 팩스 (02)2026-5747

ISBN 979-11-6539-517-9 03810 (종이책) 979-11-6539-518-6 05810 (전자책)

이 도서의 국립중앙도서관 출판예정도서목록(CIP)은 서지정보유통지원시스템 홈페이지(http://seoji.nl.go.kr)와 국가자료공동목록시스템(http://www.nl.go.kr/kolisnet)에서 이용하실 수 있습니다.
(CIP제어번호: 2020051715)

김은정 시집

추억은 그리움을 타고

삶과 자연을 노래하며…

북랩book Lab

작가의 말

삶은 그 무언가를 적기 전에는 모든 것이 아름답고 찬란하기만 하다.

그러나 조금씩 써 내려가다 보면 나의 시야가 뚜렷해지는 것을 볼 때가 있다.

시를 꾸준히 쓴다는 것은 나의 내면 성장과 함께 현실적인 인간으로 자라는 것을 볼 수 있다.

과거가 다르고 현재가 다르고 미래가 다르다. 인간은 변화한다.

노력도 필요하다. 계획과 의지도 필요하다.

단 1편을 쓰기 위해서 사물을 주의 깊게 관찰해야 하고 나의 드러나지 않은 내면도 시를 통해 보이기도 한다.

난 영문학에서 영문 시를 읽고 공부할 때에 참 행복했다.

그 누구도 표현하지 못하는 작가의 글을 통해서 내면이 치료되기도 한다는 것을, 그리고 작가의 마음과 공감될 때에 그 기쁨은 참 컸다. 그래서인지 시가 지닌 형식보다 사물을 보는 나의 눈과 있는 그대로 보았을 때 아름다운 자연에 감동할 때, 내가 이것은 카메라에 담듯이 기억하고픈 것을 시로 써 왔다.

어쩌다 보니 길게 쓰인 글도 있고 짧게 쓰인 글도 있다.

나의 글에는 관념도 있고 낭만도 있고 자연을 노래한 것도 있다.

어느새 2003년에서 쓰기 시작해서 2020년도를 멈추면서 삶을 여행하며 정리하듯이 책을 엮고 싶었다.

거의 17년간이지만 엊그제 일처럼 장면들이 나에게는 시를 통해 남아있다.

참 열심히 살았고 번민과 내면의 갈등도 많았다는 것을 볼 수 있다.

난 이 글을 통해 타인들도 읽게 된다면 그저 하나의 앨범에 담긴 추억으로 여겨 주시면 좋겠다.

글을 쓸 때는 붓 가는 대로 써왔지만 정리할 때는 상당히 쉽지만은 않았다.

대제목별로 엮다 보니 엄청나게 많다는 것을 알았다. 연도도 나타난다. 우선, 대제목 기준으로 분류하다 보니 이리저리 움직인다. 사물을 있는 그대로 보듯이 독자들이 편안하게 읽어 주시면 무척 고마울 것이다.

깊이 생각해 주셔도 좋고 그것은 독자들의 몫으로 내어 드리고 싶다.

나에겐 영원한 기록들이다.

목차

봄

여름

가을

겨울

사랑 이야기

낭만을 찾아서

고독을 찾아서

일상 이야기

꿈속을 거닐며

기괴한 이야기

봄

봄비

까마득한 밤하늘 상상의 날개 펼치고
한참을 여행하다 이런저런 삶의 미래를 구상한다

수학 공식처럼 명확히 풀리지 않는 종이 위에 검은 알갱이의 분량
기계처럼 돌아갈 수 있으리라 세워둔 생활 프로그램

초등시절부터 지금까지 방학이란 꿈같은 시절만 보내고
숨 막힌 시계는 자린고비로만 돌아간다

오후는 예측할 수 없었던 무더운 날씨에 기운은 가라지고
늙어가는 육체의 녹슨 소리 되돌리려고 꿀 같은 낮잠 두 시간

냉혈이 온기로 넘쳐 나더니 새벽녘 톡톡 땅을 두드리는 소리에
어머 봄비가 내리나 보다라고 홀로 읊는다

따스하게 피어올라 맺혔던 열기는
하늘의 눈물로 생물을 적신다

끊임없이 속삭이다 지치고 나면 구름은 또다시 생겨나고
공중은 신선한 공기로 인간들에게 맑은 호흡을 제공한다

생명이 움터나는 엄숙한 봄비 가득 먹고
마침이 있는 시작을 믿고 싶다

2005. 3. 17

부활절

바다의 성모여!
만삭의 몸을 풀고 말구유에 누인 아기 예수 바라보며
티 없는 살결 온몸 씻기 울 때 열린 하늘

일찍이 배운 것은
웃어른 공경, 부모님 뜻에 순종, 병든 이들 돌보기
위대한 인물들이 놓고 간 책은 보이지 않았다

고통 속 울부짖음에도 아버지의 침묵
십자가 삶의 풀리지 않는 외길 인생
바라만 보아야 하는 성모님의 암흑 세월

가난을 알면서도 부유할 수 있었던 것은
고독의 길을 선택받고 선택할 수 있는 지혜
하지만 날마다 기쁨은 슬픔이었다

태초에 완전의 모형을 찾기 위해
땅속 자신을 묻어둔 채 두 팔은 도전을 거부하고
광대처럼 세상을 좇았던 그대가 돌아선다

자기의 뜻을 철저히 버려두었던 하느님의 대리자
핏줄을 떠나 십자가상 제대 앞에 굴복하고
가난의 위대함으로 병고로 죽기까지 세계의 평화를 위해
미소 지으며 손 흔드신
교황 요한 바오로 2세
대천사들의 환호 소리와 인도로 천국의 문 열리리니
작은 이는 임의 숨결을 따르고 간직하렵니다

2005. 4. 3

5월의 소록도

고향을 떠나 낯선 땅 홀로서기
푸른 내음 속으로 두려움 벗어 던진 날
몸 실은 여객선은 뱃고동 울리며 달린다

구더기 같은 자신이라 칭하며 온전히 희생의 봉사에 눈뜬 날
미래도 환상도 꿈꿀 수 없었던 외관상 궁전
계절의 여왕을 알리듯 천상낙원의 섬

자원봉사자로 겁 없이 들어선 그곳은 나환자촌
성실히 병자 돌보는 평범한 이들
아낌없이 가족처럼 내어놓은 앞서간 봉사자들의 흔적

20대 후반 젊은 시절 홀로 인도된 중앙리
일찍이 사람의 형상 보이지 않았다
내려앉은 코, 깎여진 손, 절름발이 노인들

세상과 격리된 한평생 고독의 삶
어린 소녀가 두드린 방문의 노크에 거부하는 이웃들
밥상 위로 떠도는 파리 떼가 요란하다

당장 두 팔 위로 겉옷 걷어 올리고 여기저기 청소하며 다가선 날
약한 이의 손과 발의 도구가 되는 황금의 시간
손녀를 보시듯 서서히 마음을 건네시며
애가 타시는 할아버지, 할머니

하루가 지나고 이틀이 지나고 우린 벗 되었다
살이 썩어들어가는 희귀한 병
일생을 추위와 배고픔이 그늘진 곳에 누워있는 의미 없는 삶

한을 지우지 못해 상처를 끌어안고 사는 나환자
아름답기로 이루어 말할 수 없는 소록도
아직도 파도 소리, 산새 노랫소리,
5월의 향기를 누리지 못하고 살아가는 보석 같은 이들이여

티 없이 깨끗한 천사의 영혼을 나눌 때
가슴 깊이 생겨난 상처
고통에 죽기까지 울부짖고 내일이면 그래도 밝은 미소로
반겨주시는 그 힘은 신뢰였다

다시는 돌아가고 싶지 않은 소록도
어느새 지나간 7년의 세월이 엊그제 일로 살아있다
사랑했던 그 섬의 할아버지, 할머니의 모습이 새삼스레
그리워진다

2005. 4. 8

목련화 I

담벼락 아래 햇살 넘실대는 오후 한때

검은 연기 자욱해 오는 언덕 도로 따라
사지를 휘청이며 흐르는 콧노래에 발걸음 가볍다

수십 번 오르고 내려도 향기 없던 목련화

다소곳이 기울어 3월의 첫봄이 살며시 열리더니
고풍스러운 옷은 한 벌씩 한 벌씩 삶의 무게로 넘어간다

내심의 고결로 겹겹이 둘러싼 아가 옷

정다운 인사 없이 이른 생애 퇴색되어 떠나가니
운명이란 왕족의 직책이 저토록 사라져가도
꺼지지 않는 본연의 그대는 여전히 찬란하구나

2005. 4. 12

목련화 II

뽀얀 볼에 수줍음을 안고
할 말을 쏟아낼 듯 말 듯 그러나
삼켜버린 눈물의 꽃망울이 가련하구나

살짝이 토해낼 듯 톡 하고 입을 여는
꽃잎 한 잎 두 잎은 사랑의 살점을 떼어내듯
떨어져 날리는구나!

그리운 내 임을 떠나보내는 슬픔을
말없이 바라만 보는 그대 목련화

싸늘하게 식어가면서도 더욱
붉게 타들어 가는 목젖
끝내는 눈망울을 트고 강물이 되는구나!

2009. 4. 5

목련화 III

세상이 열린 그 날
희뿌연 봄 하늘이 보인다
우아한 자태로 살며시 마음의 문 열었다
기다란 옷맵시를 한 잎 두 잎 펼친다
그대 그리운 마음을 활짝 열더니
추운 줄도 모르고 함박웃음이다

그래도, 아직 저편에는
가느다란 햇살 기다리며
아씨마냥
미소 머금고
조심조심 가슴앓이하는 작은 목련화
쑥스러워 입술 꼭 닫고
임은 언제 오시려나
세상은 열리듯 말 듯…

2014. 3. 22

장미 넝쿨

들판 아닌 미지의 그곳엔
푸르름으로 만연해 가는데
서지도 못한 그대는 날로 번성하니
길손의 마음을 설레게 한다

차가운 숨소리 하나 없어도
겉옷 하나 걸친 텅 빈 쇠창살 비집고 일어서는
정렬의 불꽃은 가시넝쿨을 틔운다

줄기 타고 솟아난 무수한 가시들은
생명 가까이 다가설 수 없는 찬바람
수십 번의 삶을 품고 죽어 꽃피우는
붉은 장미가 아름답기만 하구나!

2005. 5. 17

봄이 오는 소리 I

땅속 깊이 굴을 파고 겨우내 잠든 짐승들
지옥 같은 휴식은 달콤한 언변으로 가장한 가면무도회
현실 속 영혼은 미래의 중독으로 메말라 악취로 젖어 있었다

기쁨은 슬픔으로
고독은 절망으로
해마다 작은 이에게 찾아드는 회오리
육체의 대 일변
봄은 알지 못하는 신비의 계절이다

상처를 받기 위해 태어난 사람
한꺼번에 쏟아낸 눈물을 봄 햇살에 떠나보내고
새로이 단장한 후 잠금의 문을 또다시 열어둔다

꽃망울 터뜨리는 고통의 소리
상처는 꽃피우며 조금씩 아물고
봄 향기는 발길 닿는 곳마다
생명의 환희를 미치도록 전한다

2003. 3. 13

봄이 오는 소리 II

싱그런 햇살이 두 볼을 적시면
이름 모를 작은 새들의 합창은 지지배배 지지배배

강렬한 태양의 첫 키스로 천지의 산책길 나서면
움터나는 생명의 소리 톡톡 톡톡

겹겹이 두른 옷깃 여미고 빼꼼히 내려다본 하늘 아래
어여쁠세라 피어나라 목련화의 눈 맞춤 인사

2006. 3. 20

사랑의 꽃길

제아무리 비우고 비워 닦아도 채워지지 않는 것은
사랑인가 봅니다

한동안은 그랬습니다

나의 만족을 가슴속에 부어 담아도 부유한 외로움으로
방황하였습니다

오! 내 사랑 귀여운 이여
볼에 마음껏 입맞춤과 깊은 포옹으로 벅차오르는 작은 내 사랑

떠나려 해도 이별이 싫어
미친 듯 숨바꼭질로 그대는 울부짖어 보았지만
혼자라는 것을 알게 되었습니다

하지만 이토록 내주어도 행복이 넘쳐 나는 것은
이해할 수 없습니다

정말 사랑은 줌으로써 받는 것인가 봅니다

우린 만남을 위해 기쁘게 이별했습니다
내란의 고요와 폭풍은 물러가고 상큼한 꽃내음이
평화의 길을 열어 주었습니다

어느새 만발한 벚꽃 잎들이 축복의 꽃길을 펼쳐 주었습니다

세상에 태어나서 보슬비 고즈넉한 때쯤
결혼행진곡의 정겨운 음악 소리에
소녀의 싱그러운 발걸음은
하늘 높이 높이 펴져만 갔습니다

오! 영원한 내 사랑이여

2006. 4. 10

들꽃

추운 겨울바람 타고 무작정 내려앉은 풀밭의 꽃씨
눈보라 치고 해가 나고 빗속에 짓눌려
깊이 파고든 뿌리 고즈넉하다

황톳빛 들녘은 잡초로 무성하고
미친 듯 가로지르며 움켜 뽑은 토양 위로
숭숭 뚫린 구멍은 헤아릴 길 없다

피어나는 순간
난 가장 아름다운 꽃잎
영원토록 변치 않는 꽃씨라 뽐냈을까?

잠들고 깨어나고 끝없이 뻗어 자란 들꽃 치솟을 거라 했는데
어느 순간부터 멈추어 이렇게 시들어만 간다
그대는 잡초인지 몰랐는가?

두 손은 가슴에 포개고 두뇌는 화산의 분출구를 찾으며
얼음 같은 심장 속 제비꽃 빛깔을 꽃피우며
소화의 길을 여전히 걷고 있구나
더는 시들지도 피어나지도 않을 작은 꽃이여!

2006. 4. 30

봄의 왈츠

암흑의 시간을 한참 달렸다.

호흡을 내쉴 듯 말 듯 한 공상의 자동차를 타고

지나온 어둠은 보이지 않고 아리따운 노랫소리만 들려온다

삭막한 시멘트 창살 사이로 초원을 그린다

목동을 좇아 방울 소리 울리며 풀을 뜯는 양 떼들

졸졸 흐르는 개울가로 헤엄치는 송사리 떼들

덩굴로 엮은 바구니 팔에 끼고

봄나물 캐러 모여든 어여쁜 아가씨들아,

들리느냐 보아라

달콤하고 젊은 아낙네의 젖 가슴살이 볼을 비비는구나!

우울은 사라지고 봄이 피어나니

가슴도 노랑나비 되어 날아오르는구나!

들꽃은 새콤달콤한 향기로 윙크하니

처녀 가슴 흔드는구나!

어찌할까? 토끼처럼 뛰어나 볼까?

사자처럼 달려나 볼까?

어찌할까? 떠나지 못하고 잔디를 밟지 못한

낡은 자동차는 요란한 소리일 뿐
언제나 그 자리이구나!

2007. 3. 23

4월의 봄날

냉기가 맴도는 봄날
두꺼운 외투에 체크무늬 목도리 걸친
소녀의 흥겨운 발걸음은 원을 그린다

고즈넉이 듬성듬성 쭉 뻗은 목련 나무의 자태에서
터질 듯 말 듯 아스라이 꽃망울
내일이면 활짝 피어날까?

어느새
봄날 오후 햇살이 강렬해지더니
기다림에 지쳐 알알이 맺힌
눈망울의 꽃잎은 애절한 생명을 낳는 산모처럼
한 잎 두 잎 열렸다

깃털 같은 보드라운 음색이 가슴속으로 들어오더니
눈물의 강으로 넘쳐흘러
아리따운 꽃잎을 낳았다.

2008. 4. 7

봄이 왔다

케미칼 공장에도 봄이 왔다
통근 버스에서 꾸벅 졸다가 내리면
굴뚝에서 흘러나온 하얀 연기
하늘을 희뿌옇게 뒤덮었다
울렁이는 화학 약품 냄새
생생한 호흡기 속으로 파고든다
공장 안으로 들어가면 정오가 되어야 밖으로 나올 수 있다
식당으로 향하는 걸음은 사뿐사뿐하다
걷다 보면 나무 한 그루가 있다
포근한 바람이 온몸을 어루만진다

봄이 왔다
나처럼 봄을 먹는 동백나무 한 그루는
비를 맞고 햇살 맞고 꽃잎을 활짝 피운다
나무 사이사이는 잘 익은 젖꼭지마냥
봉 우리진 탐스러운 싹들…
봄이 왔구나
봄이 왔구나
터질 것 같아
맛보고 싶구나
끌어안고픈 충동을 일으킬 듯한
그 동백꽃이 자꾸만 아른거린다

2016. 3. 19

봄

꿀벌

5월의 봄
들판의 찬란한 야생화
비단결 바람에 꽃씨 싣고
임 찾아 사뿐히 내려앉는다

키 큰 풀잎 하늘 아래 갈채 보내면
꿀벌은 꿀 따다 싱글벙글 춤추고
싱그러운 벗 가득해 오면
초원의 하루는
어우러진 왈츠의 세상이 된다

꽃가루 흠뻑 바른 꿀벌
이웃집을 서슴지 않고 드나들다 보면
가녀린 꽃
예쁜 꽃
미운 꽃
미소 꽃으로
저마다의 모습을 꽃피운다

꽃씨 찾으러 문을 열지도 닫지 않는 꿀벌

앉은 자리 향기 머금고 일생을 독침의 한 무기로

천국의 낙원을 이루는 일꾼

천지가 온통 뚫어져도 제 소임을 떠나지 않는다

2005. 5. 1

Echo

산의 정상을 오르기 전
올라야 한다는 희망보다 첫걸음 두고 다짐뿐
조금씩 조금씩 앞으로 발을 딛고 자연과 호흡하는 거야
산새 소리 환호 중에 귀 기울이며 휘파람 부니
무심코 들꽃 내음에 취해 걸음 멈춘다

나뭇가지 위로 고개 드리우니
등산로의 깃이 저마다 알록달록 휘날리며
세계의 아들, 딸들을 낯설지 않게 인도해 준다
멀지도 가까울지도 잊은 채 그저 오르다 보면
공간을 이은 흔들다리도 건너야 한다

목표지점은 떠나가고 절벽을 타는 최후의 순간
서편으로 햇살이 뚫어진다
허리를 치켜세우고 얼굴을 드니
저마다 풍만한 여인의 젖가슴
사내의 밋밋한 어깨는 날렵한 풍채를 자랑한다

나지막이 야호! 외침은 되돌아오지 않고

힘센 사나이의 호탕한 웃음은 내게로 돌아오더라

거짓 없는 산새의 울림은 거울 되어 밝게 빛나 오는데

저 지상의 인간 울림은 아니요, 물음엔 예, 예의 물음엔 아니요

Echo는 언제까지 계속될 것인가 의문으로 남는다

2005. 4. 22

철새를 바라보며

새가 되어 하늘을 날아보자
철새들도 고향 있어 둥지 틀러 시베리아로 날아든다
고단한 날개 접을 새도 없이
무리 짓고 질서 지어 저 높은 곳을 향한다
맞불어오는 바람에 저항할 길 없어도
자유의 몸짓은 평화롭기만 하다
하지만,
집단의 이동으로 부딪힌 이름 모를 새의 날개 죽지 상처는
휘청거리는 역사를 그릴 뿐이다

2012. 3. 5

기다림

어린 시절 꿈을 가져 볼 시간 없이 의무로 채워져 간 허무함
세상의 증오로 똑바로 바라볼 수 없었던 거울 속의 나
천사 같은 미소는 존재하지 않았다

가는 눈빛으로 보이는 모든 것을 베어버린 그녀
마음속엔 어떤 희망도 절규도 뱉어내지 못한 너
그래도 어둠 속에서 설 수 있도록 해 준 것은 노래 주머니

어느 날 달아나 버린 자신의 영혼
미워할 땐 즐거워할 수 없고 웃을 수 없고 노래할 수 없다
나에겐 만인에게 외쳐보지 못한
또 다른 아주 작은 Ego가 생겼다
생의 ⅓의 시작은 거스르는 사랑의 연습이다

시작도 끝도 없는 이성의 사랑은
포대기에 둘러싸여 쌔근쌔근 잠든 아가 앞에서…
배고프다 응애! 응애! 우는 아가를 품에 안아 볼 때 꺼져가고
마주 보며 조금씩 물든 음성의 대화로 우리의 사랑은 커간다

뱃속의 열 달간 완성된 사랑
잊히지 않고 작고 작은 그대와 손을 잡고
찬미의 노래 부를 날을 찾고 싶다

2005. 3. 26

여름

꽃과 나비

투명한 옷차림의 한 다발 붉은 장미 송이
화려한들 향기 한 점 없다

내 사랑 만나면 그대에게 한 송이 전할까?
그러나 숨 막힌 겉치장으로 꺼져버린 심장은
더욱더 새파란 핏기 되어 찾아든 나비마저
얼음 새장에 갇혀 죽어 버렸다

들길을 걷다가 임 찾듯 꽃들을 불러 보지만
참나리마저 도시의 메마름에 병들어서
시들어 가고 있다

흰나비 노랑나비 호랑나비는 꽃 반석 없어
불나방인 듯 돌연변이 되어 미쳐간다

2006. 7. 18

Sleep의 찬미

죽음아, 영혼의 암흑을 쳐부수지 못한다 하여
움켜쥔 통곡 소리는 화산 구덩이처럼 끓고 있구나

포근한 침실로 찾아드는 저 달콤한 태양 아래
스스로 덮여 오는 눈꺼풀마저 무겁다.

힘찬 팔, 다리는 달빛 아래 기울고
누룩 같은 사랑은 빵처럼 다시 부풀고 날갯짓한다

주검의 그림자는 스쳐 지나고
우윳빛으로 물들어가는 저 생기있는 소리는
미소를 꽃 피운다

닫아둔 온 세상을 열고 춤춰보라
노래 불러 보라 소리 질러 보라
두려움은 환희의 빛이다

2006. 7. 19

달빛을 찾아서…

달빛이 잠들 무렵
태양은 소리 없이 희미한 생명체 주위를 다가서더니
한 번의 기척도 없이 자궁 속으로 밀려든다

혈색의 푸른빛을 잃었던 달빛은 사과 빛으로 물든다
달은 태양을 덮치고 생명의 씨앗을 심는다
하루, 이틀… 이렇게 천년이 흐른다

연인들의 불타오르는 강렬한 키스 자국처럼
이글이글 타오르는 붉은 열기의 몸짓은
달빛을 품고 밤 깊은 젖 줄기의 산맥을 타고 전한다

2011. 7. 15

달의 기도

숲속의 조그만 공원으로 둘러싼 뿌리 깊은 나무를 봅니다
나무로 비쳐드는 따사로운 햇살을 타고
빈 나무벤치가 미소를 지으며 쉬어가라 손짓합니다

파라솔을 든 한 여인은 한동안 빛을 받자
미소를 머금고 있습니다
한여름의 폭풍 같은 풀벌레의 날개 비비는 소리는
태양을 더욱 불타오르게 합니다.

나무 잎사귀에 숨어든 매미들의 울음소리는
여름을 타고 시원한 소나기의 빗물처럼 쏟아집니다

정원은 유난히도 떼 지어 모여든 참새들의 놀이터가 되었습니다
그 여인은 짝지어 날아다니며 짓궂은 새들의 날갯짓에
웃음을 짓습니다

좁은 초원의 열기는 서서히 식어가자
태양은 저물고 별 밤이 찾아듭니다

그 여인은 한숨짓고 깊은 탄식을 지으며 하늘을 우러러봅니다
그때,

저녁 달빛은 황금빛 낫을 든 것처럼 유난히도 빛났습니다
그대의 사랑이 저토록 소리 없이 짙어가는
빛의 밝기는 아름답습니다
그대는 달빛을 잡을 수 없을 만큼 먼 거리에 있지만
강렬한 빛에 익어버린 연인의 사랑은 나누어질 수 없습니다

태양이 여인의 사랑을 불태우듯
달은 온기의 빛을 감싸며 영원토록 그대 심장의 빛이 되었습니다

2013. 7. 30

달의 여신

포이베여! 밤하늘의 별을 보아요
초롱초롱 빛나더니 반짝반짝 금빛 가루를
달님 눈망울에 뿌려주어요

입술을 녹이던 뜨거운 태양은 필요 없어요
어둡고 차갑다지만 달님의 빛은
금궤에 잠겨진 심장과 같아요

그대의 사랑은 초승달일까요?
아직도 별님은 눈빛을 주어요

달님은 모르는 걸까요?
어쩌면 윙크하고 있는가 봐요
그대의 심장은 반쪽 같아요
여전히 별님은 지쳐도 은빛을 뿌려주어요
달님은 금빛으로 포동포동 사랑이 쪄가요

아름다워지고 있나 봐요

달님은

그러더니

별님을 볼 수 있는 눈동자가 생겨나요

또다시

어여쁜 입술이 미소 짓고 있어요

별님이 없다면

달님은 텅 빈

파편 조각일 뿐이에요

별님은 달님 품속에 들어 쉬고 있어요

연인 되어 쌔근쌔근 잠들어요

2013. 8. 10

한여름의 바다

저 멀리 에메랄드빛의 바다여!
수평선으로 뱃고동 잠든 채 고기잡이 한적하다
소곤대는 잔물결은 달콤한 사랑으로 몸짓한다

고요하다 빛살이여!
아름 따다 에메랄드여!

보드라운 모래 위로 맨살을 드리우며
거닐어 보는 한적한 오후

따사로운 바다는 온몸을 녹이며 포옹하누나!
평화로운 사랑에 젖어 잠시 머물러보는
바닷가의 품속으로 사르르 녹아난다

2013. 9. 10

폭풍 속으로

그립다

보고 싶다

사랑 하고 싶다

푸른 초록 내음에 취해 미치도록 뛰어들고 싶다

가고 싶어 들썩이는 생명

풍파 일다가도 이내 잠든 아가 입술

그 세계가 어딘지는 몰라도

그저 눈 마주하여 맞장구 물장구 휘황찬란해

음성 없는 몸짓의 하나

통하지 않는 소음에도 배꽃 웃음 만발해

웅크린 몸 펼쳐 들고

허기진 자연에 손 내밀고 보다 큰 세계로 눈 마주한다

계곡의 물 가르고 전투에 들어선 여인은

청렴한 물속으로 뛰어들어 자신을 일깨운다

싱싱하다 콧노래
저 가슴 깊이 인간도 뚫을 수 없었는데
향긋한 풀 내음에 그치지 않는 미소
더는 행복할 수 없었다

무거워진 물살을 안고 오른 폭포의 생명줄은
가녀린 여인의 속살을 적신다
따스한 햇볕은 흠뻑 젖은 기운을 씻겨주니
할 말을 잊었더라
그러고 보면 인생사란 자연과 인간의 완전 융합인가?

그립다
보고 싶다
사랑하고 싶다.
투명한 소주 한잔에 취해 푸른 구름과 벗하고 싶다

2005. 7. 12

가을

가을맞이 배

농부들 자식 농사로 땀방울 낳기 위해
꽃이 피고 꽃잎 떨어진 후
새 옷 단장으로 말끔하다.

태아가 눈뜨고
울음 꽃을 열듯이
영글지 않은 열매가
귀엽고 사랑스럽기도 하다

생글생글 익을세라 가지 치니
병들고 시든 열매
거름 위에 처참하게 내려앉는다

눈이 틀 새라
목마름 앗아갈 듯
달콤한 내음 살며시 품고
정렬의 태양을 기다린다

간혹 스치는 텃밭에 고개 드니
꿀배 되려 싸인 그늘진 우리 속
눈은 가려 잠시 빛을 볼 수 없다

그러고 보면
무조건의 빛을 받는다 하여
모든 열매가 익는 것은 아닐까?

한여름 오기도 전에
벌써 가을이 기다려지는 것은
왜일까?

가면 속의 열매는 주렁주렁 열려
갈증에 허기진 이들의 먹이가 되기 위해
잠시나마 자신을 감추는가 보다

황금의 그 날
향기 머금은 보름달 배
갖가지 몸단장 하며 탄생을 기다리련다

2005. 2. 14

가을의 편지

풀벌레 요란히 울어대는 새벽공기 타고
살며시 내린 눈꺼풀 활짝 열리더니
즐비하게 세워진 책장 사이로 허름한 편지 봉투 반긴다

얼을 찾아 떠나자
넓고도 좁은 세상 어제와 오늘이 다르더니
눈송이 날리던 마냥 행복 쌓인다

풀잎을 보렴
초록빛 밝더니 퇴색되어 흩어져 씨앗을 남기고
숨 쉬는 토양 위로는
동글동글 패인 구덩이로 찌든 주름 손길 안고
질서정연하게 자리 찾은 씨앗이 빛에 가린 채

있는 듯 없는 듯 심연 속에 빠져버린 얼굴
태양 오르듯 나무 자라듯 솟아난다

희미해져 가는 눈동자 속 눈살 찌푸려 늘어만 가는 주름살
떠나버린 자아의 세계는 새로이 탄생한다

잊혀간 행복의 웃음
지워져 간 행복의 근심
이내 살찌워진 행복의 소리 온밤 울려 퍼진다

2005. 9. 1

가을

궁정의 대초원 오색 가지 풀 잎새 만연하고
꽃비 내리듯 낙엽은 쌓이네

회색 하늘빛 짙을 무렵 가을바람 일면
사그락사그락 연인의 속삭임 깊어 간다네

고독의 벤치는 포옹으로 잠들다 그만
푸른 첫 키스로 붉게 익어간다

잔디 위 첼로의 향연 일면
저 뜨거운 태양마저 넋을 잃고 기운다네

2005. 9. 19

층층폭포

심연의 깊은 계곡 높고 길어
우렁찬 소리 그지없구나

새아씨 흰 옷자락 태평양 건너 대서양까지…
휘날리는 옷고름 곧게 여밈도 잊은 채
굽이굽이 모난 바위 깨고 흘러가는구나!

절벽을 가르는 칼날의 좁다란 길
그 누가 거슬러 오를 수 있으랴

꽃다운 산새 소리 들을 수 없고
바위틈의 이끼조차도 어제, 오늘 새 단장뿐…
빗겨 갈 수 없는 운명이란다

동방에서 쏟아붓는 목덜미 타고
새 하늘, 새 땅은 더욱 푸르니
수천만 개 수억의 물방울 모여 장관을 이룬다

치맛자락 고이 들어 꽃신마저 가지런하니
당차 피어나는 한줄기 매무새여

2005. 9. 16

가을 속의 달팽이

화창한 가을 낮이어도 달팽이는 눈먼 꿈속 길을 걸어간다

뉘엿뉘엿 여유로운 자태는 여전히 제자리다

구름은 짙어가고 가을바람 산산이 등껍질에 노크한다

나와서 숨을 깊게 들이시고 뿜어 보세요

기지개도 활짝 펴고요

아리따운 아가씨 호호호 미소에

밤하늘은 은하수처럼 눈이 밝아져 와요!

2006. 9. 16

가을비 우산

움츠리는 하늘빛 우산
먹구름 안고 어둠 속 배낭에 저장해 두면
쌀쌀한 바람을 몰고 드는 세찬 빗줄기로 활짝 펼친 귀부인

땅이 굳어지고 메마른 속 무지개 띄우면
갑작스러운 꽃무늬 우산 내 앞에 놓인다
반가워 손에 든 보물상자 자동으로 열리면
고풍스러운 중세 여인의 사랑이 피어난다

2006. 9. 16

가을의 속삭임

여름 나면 귀뚜라미 구슬피 어디서 들리나?
열매 맺은 녹음 폭풍으로 실리고 폐허 된 논밭
굶주린 황금빛 메뚜기는
하늘을 보며 한숨짓는다

잠잠한 태양 아래 젖은 날개 말리며 날아오르는
여인의 머릿결 스치는 듯한 여치 소리
해가 기울면 아가의 눈망울 같은
저 붉은 노을마저 이름 모를 사랑으로 익어간다

2006. 9. 18

가을의 사념

가로수를 달리던 가지각색의 버스 바퀴들은 요란한데
그대 마음이 걷다가 멈출 때면
죽은 잎사귀들은 한 잎 두 잎 떨어진다
이리저리 구르는 메마른 낙엽들은 바람에 부서져 조각나고
인간의 발치에 채여서 모퉁이에 박힌다
바람에 휘날려 정처 없이 날리는 은행 잎사귀들은
나지막이 속삭이다 횡하니 떠나고 있던 자리는 텅 빈다

잿빛의 햇살 아래 가을은 어디 가고 없고
살을 에는 듯한 찬 기운만 맴돈다
나뭇가지의 잎들도 푸르름으로 무성하다 곱게 시드는데
그대는 있어도 없고 없어도 있는 그런 무색한 존재인가?
뜨거운 태양의 열기도 사라지고 얼어붙은 가지의 서리 같구나!

경계선 없이 뒹구는 낙엽은

말을 전한다

그대는 왜 잎 마른 잎사귀처럼 쌓이지 못하고

동굴 속의 역류해가는 서릿발같이 치켜세우는가?

바람에 날려 뒹구는 낙엽은

쓸어 모을수록 캄캄한 고독 아래 홀로임을 고백한다

2007. 11. 24

가을 단풍

사뿐히 흩어진 낙엽 길은 황홀하다
물들었다 알록달록
잎사귀가 낙엽 되어 산책길 덮었다
물감으로 저처럼 어여쁘게 물들일 수 있을까?
비, 바람 습도 자연의 물듦은 너무 완전해
곱게 물든 낙엽에 넋을 잃고 그저 바라보며 걸을 뿐이다
감탄사를 내뿜기도 벅차 심장을 닫는다

가을 하늘이 어둡기만 하다
도시 건물들이 쓸쓸히 잠들었다
아침이 슬프기만 하다
해가 뜨고 지는 것은 한결같지만
내 맘은 하루 같이 다르다
슬픔을 안고 거니는 산책길은 출근길이다
언제부턴가 나무를 바라보는 내 맘은 무심한 채
멍하니 지나갈 뿐이다
10월의 마지막 날 달력 한 장 넘어가도 몰랐다
달수가 지나가는 11월 초 무렵에

나무들은 알록달록 새 옷을 붉게 갈아입었다
그저 떨어진 고운 단풍 한구석에 수북이 쌓여 빛을 발한다
낙엽이라고 하기엔 아깝다
아직도 듬성듬성한 잎사귀가 힘겹게 달려
너도나도 마지막 잎새만은 남기고 싶지 않은 듯
아스라이 물들인 채 달려 있다

2018. 11. 11

한낮의 태양

흰 구름 잔뜩 머금은 파란 하늘 아득해져 오면
무르익은 곡식의 살찌우는 소리 토동통 요란하네

고개 들어 숨은 태양 목 놓아 부르면
두 눈멀어 허수아비 휘청이네

맛 나는 붉은 햇살 쉬이 쉬이 머물면
방랑자 후루룩후루룩 마셔 버리네

꺼지지 않을 청춘 갈마들여
아스라이 살아온 세월 낟알 되네

2005. 9. 30

10월의 소식

봄이 오면 나풀나풀 춤추고
여름 오면 휘청휘청 노 젓고
가을 오면 하늘보다 옹달샘에 물들고
겨울 오면 바람막이 외투 껴입는다

사계절 화사한 치장 내음 퍼지면
시월 엽서장 속엔 천연의 낙엽 잠든다
반짝반짝 윤이 나던 추억의 사진은 접히고
눈에 띄는 단풍 본연의 색을 찾아든다

생기발랄한 잎사귀는
움직임이 없자 액자 속 갇힌 마냥
시간을 거슬러 잠잠해진다

시월은 햇살 한 점에 잊힌 사랑 무르익고
살에는 바람엔 슬픔이 녹아난다

나를 찾아드는 10월의 방

단풍잎 내림에 고요의 자신을 발견한다

그 어디를 머무를 곳 없어

병든 이는 엄마의 품속에 든다

2005. 10. 19

별

살갗을 에는 바람서리 해치며
소리한 점 없이 반짝이는 저 별이여

팔을 뻗쳐 이른 듯해도
더욱 높아가고 작아져만 가는 별천지여

고개 들어 밤하늘 움켜쥐면
불타오르는 황금빛 등불 되어 백발 되네

별 따라 걷는 한 길
무수히 내리는 임 사랑 물들면
찬란히 채워진 작은 별이여

얼음장 녹이는 뜨거운 포옹은
곱다란 눈망울 지쳐 꽃비 되네

2005. 9. 24

모닝글로리

일어나요 눈을 떠 보아요
길모퉁이 돌담 낮고도 낮은 담쟁인 듯 방긋 미소 지어요
모닝글로리 보랏빛 자줏빛으로 갈아입고
들리듯 말듯 아침을 알려요!

깨어나요 신선한 바람 입어 보아요
자동차도 분주하고 너와 나 걸음도 바빠요
가다 보면 조금 더 높은 담벼락을 타고
자명종을 울리듯 저를 봐 주세요
손을 흔들어 보아요

너랑 나랑 반갑다 고맙다 네가 있어 줘서
모닝글로리 요란한 도로를 품고
음악을 들려주어요

잠든 이여 일어나요

눈을 뜨고 나를 보아요

어여쁘지요?

어디를 가시나요?

하늘을 한번 보아요 가을이 높아만 가네요

청명한 하늘이 내 마음을 붙드네요

잠시 쉬어가고 파요

2014. 10. 21

겨울

설경(雪景)

비, 바람, 폭우로 몸서리치던 지난겨울
따스한 안식처로 풍성히 움터난 소화(素花)

한여름 내내 부지런히 땅을 파고 곡식 모으는 개미처럼
때론 할 수 있는 일이라곤
노래만 부르는 베짱이같이 살았다

앉은뱅이 꽃 인생 떨쳐버린 새벽
굳어진 뼈마디로 갑작스레 오른 지리산

사계(四季) 가운데 감춰진 겨울
가슴속에 품고 지켜만 본 것은 가장 큰 두려움이었다

자신을 찾으려 정상을 향해 묵묵히 오르다 보면
어느새 산과 하나가 된다
점점 친근해 오고 여성의 가슴이 돋아나는 힘겨운 시간

오르고 오른 잠깐의 휴식으로
땀방울 식혀진 손끝 발끝 시림을 견디어 내며 허기를 채운다

2005. 2. 21

고요한 밤

딸랑딸랑 요란한 소리 잠들 날 없어
온 세상을 다 가졌는데 두 손은 꽁꽁 얼어만 가고
맨발은 식어만 가고 성냥팔이 소녀의 음성은 사라져만 간다
8㎝의 성냥개비는 꺼지고
천사의 손에 이끌리어 꿈을 꾼다

떠나간 임 찾으러 외쳐 불러도
손길 닿지 않는 장작더미 타는 속
눈물이 자욱하기만 하다

어둠의 그림자가 느닷없이 덮치자
소녀의 입술은 마르고
그 무엇도 삼킬 수 없는 꽃잎이 부서짐이다

하루, 이틀, 사흘…
7일간의 사랑은 신랑을 잃은 저주의 날이었다
또다시 한 영혼을 떠나보내고
새로운 생명을 잉태한다

목동의 방울 소리 둘러싸고
지푸라기 잠자리 따스하기만 하다
욕망을 가면으로 눌러서 빛나는 인간은
성냥개비 켜지고 꺼지듯
수십 번 타들어 간 후 재만 남았다

침묵 속의 시련은 아기 예수님 방문
자신만으로 가득한 방 혼돈의 세계가
다시 사랑으로 피어올랐다

2005. 12. 4

겨울

포근한 햇살이 내려앉은 후
어둑어둑한 가로등이 짙어간다
붉은 신호등을 외면한 채
걷잡을 수없이 이끌리는 사랑을 만났다

두근거리는 심장을 접어둔 채 살포시
내딛는 층계 위로 환히 비치는
겨울 음악회는 평안했다

감미롭고 달콤하고 부드러운 여신의 입술처럼
촉촉이 젖어 든다
사랑하는 임을 한껏 가슴에 담았다

세상 한 바퀴 돌면서 짧은 시간의
만남은 이별을 약속이나 한 듯
아쉬움은 시간으로 채워지고 잊혀졌다
사랑의 소유욕이 느닷없이 밀려들고 병이 들었다

말은 없어지고 슬픔이 더욱 커지는 겨울날
사랑이 내린다
따스한 싸락눈이 소복소복 쌓인다

임과의 사랑은 마주하고 바라보아야 싹이 트는 것일까?
한마디도 없는 바람의 소리만 가슴에 남겨둔 채
떠나버린 그대가 야속하구나
신의 손길이 닿는 그 날을 기다려 보리다

한없이 껴안지 못해서 슬픔이 남고
사랑한다고 크게 외치지 못하는 앓이는
눈물 되어 흘러가리다

임이여 그대를 사랑하나이다
임이여 그대를 사랑하나이다
아련히 가슴에 머물고 샘이 되니
평화가 흐른다

2005. 11. 28

겨울

별님

가난한 마을의 노부부가 살아가는 오두막
빛을 발한 꼬마별 꽃단장으로 탄생했네

할미가 박수하고 외치면 짝짝짝
죔죔 하면 곤지곤지 날마다 똘망똘망 피어난다네

어미가 안녕하고 반기면 멋들어지게 손을 흔들고
아장아장 서툰 걸음마로 풀잎들과 마주하는 미소 인사

아가 풀장은 물 없는 맨땅
남북을 가로지르는 헤엄 솜씨는 일품이네

그림 공부시간
'코끼리' '코끼리' '코끼리' 수없이 반복하다가
책을 덮고 펴보면 문제 하나!
코끼리 어딨을까? 아기는 고민하다 진지하게 손가락으로
온 힘을 다해 코끼리를 짚으면
할미 할아범 기쁨의 환호 박수 울려 퍼진다네

까까머리 아기 별님

올망졸망 눈빛은 빛나고 까꿍까꿍 물놀이에

온 천지가 어미 뱃속이다네

2006. 1. 27

황금 달

태초에 지글대는 태양도 불꽃같은 빛살도 없었다
빙판의 살얼음이 선 냉혹한 밤만이 있었다
지난 세계에 그대는 형상뿐인 무지의 세계를 걸었다
그러다 또다시 한참을 머물 때는 한 줄기의 빛도 보이지 않았다
까만 밤하늘의 황금빛 초승달뿐이었다
낮과 밤 흐르다 열두 시가 되면
열린 문은 닫히고 꺼져가는 영혼은 실오라기처럼 하늘거린다
희미한 등불 아래 오늘은 초승달 내일은 반달 미래는 보름달
살쪄간 아이들 웃음에 발맞춰 날아간다
멈추어 고개를 드니 눈썹 같은 황금빛 타고
피리 부는 소녀의 은빛 방울이 목젖으로 흐른다
달은 커져만 가는데 청초한 그대의 불타는
슬픔은 더욱더 둥글어간다

2006. 11. 15

서풍의 물결

창공의 가을 하늘이 높아만 가는 사이에
엷은 초록빛의 풀 잎사귀는 온실 속의 따스한 기운을
아련히 받고는 소리 없이 성장해간다
가을 하늘은 잠들고 옅은 회색 구름이 살며시 다가서더니
청명한 창공은 어둠 속으로 젖어 든다
'사랑한다' '사랑한다' '사랑한다'라는 소리 없는 울부짖음과 외침을
그대는 구름에다 매일 속삭이며 저장해 둔 나날들을
문득 열어본다
어제는 세찬 폭우와 천둥 번개로 새겨진 숨결로 푸른 초원은
황폐해 버리고 오늘은 미개인의 갑작스러운 침입으로
성문은 부서져 가고
어느 날은 서풍의 보드라운 미소로 얼어붙은 땅을 녹이고는
천지를 홍수로 채워 버렸다
호화로운 왕국은 수천 년의 미라를 감금해둔 채
타고 들어가는 육신의 부패를 안고 아름다운 역사의 전설을
남기려는 듯…

세기가 흘러도 사랑의 영혼을 깨우는 그대는 누구인가?
희미하게 분명 들리지 않고 보이는 듯 말 듯 내게
숨결을 넣어주는 그대는 누구란 말인가?
우두커니 서 있는 고목(枯木)을 타고 숨 막힐 듯
껴안고 휘감겨 도는 회오리는 서풍을 타고 어디론가 사라졌다

2009. 3. 20

이별

그대는 눈망울만 깜박이며 아무 말 없군요
아침에 피었다가 초저녁에 지고 마는 풀잎도 내일이면 눈뜨는데

그대는 창 너머로 새어드는 강렬한 빛줄기에 얼굴이 드리워줘도
미소 한 줌 없군요

풀잎의 아기자기한 꽃봉오리도 낮이면 웃고
어둠이 짙을수록 살그머니 움츠러드는데

그대는 밝은 빛을 안고도 숨소리조차 없군요
차갑고 깜깜한 밤하늘엔 단 하나의 별이 있네요

그대 뽀송뽀송한 가슴속에 눈물의 이별이 있는 건가요?
우리 영원한 만남을 위해 잠시 놓아 드려요

2013. 1. 30

떠오른 태양

두 주먹 불끈 쥐며 이리저리 시간을 묶는 첫해는 늘 떠오른다
새알을 촘촘히 동글동글 비진 손바닥은 타들어 간다
흩어진 세계의 민족들은 축제의 환희로 화해의 열기 더한다
제야의 종소리는
낡은 습관 벗어던지고 웃음꽃 활짝 열고 앞장서라 한다
뒤로 물러났던 좁은 문 넓히고 목마른 이웃을 찾으라 한다
특별한 날은 오지 않는다
무엇을 구하러 떠났더냐?
깨어나려 두드려 보지만 무수한 잠만이 쏟아질 뿐이다
꾸벅꾸벅 아기처럼 졸며 침상은 생생한 꿈에 인도되어
냇가에서 몸을 씻는 아낙네가 보인다
갓난이의 새해는 밝아오고 서서히
어느덧 예전의 모습으로 돌아왔다
걸어보지 못한 인생길은 떠오르는 태양 앞에 꼼짝도 못 하며
그저 주어진 길을 사랑하며 걸어가야 할 뿐이다
나의 겉옷 가지를 하나둘씩 벗어 던지면서 말이다

2006. 1. 2

사랑 이야기

여자의 사랑

미치도록 좋아해 본 사람 없었다
황홀한 첫사랑의 인연으로 맺어진 봄비
이성에 눈뜨는 가슴 벅찬 시절
잔디밭 햇살 위로 멋진 파트너의 데이트 신청

걷잡을 수 없었던 마력의 힘
온종일 소곤소곤 이야기하며 거닐던 거리
긴긴 새벽은 너무도 짧은 시간
그래도 헤어질 수 있었던 것은 내일은 또다시 만난다는 희망

받는 사랑에만 익숙한 이기적인 그녀
애처롭게도 사랑할 줄 몰랐다
눈먼 사랑은 수치라고 보고 가족을 안았다
연민의 시간으로 넘어가는 여인의 일편단심

다정다감했어도 서로의 마음을 열수록
우린 그렇게 닫혀만 갔다
십 년이 훌쩍 지난 지금의 나
은은하게 밀려들었던 사랑은 쪼개어지고 나누어졌다

행복은 그대에게 옮아가고 축복 가득하길
세상의 도피로 맞서지 못하고 뒤로 물러섰던 그녀
임은 떠났어도 방 한구석 버려둔 피아노
서서히 너와 나는 이렇게 사랑에 물들다가
넋이 나간 후에야 미친다

2005. 2. 25

첫사랑

두 팔 벌린 그대를 한없이 바라볼 때면
고통을 가장 먼저 느꼈습니다
뜨거운 사랑은 어디 가고 없고
눈물만이 고여 흘러넘칠 때가 있었습니다

기쁨은 언제나 짧은 순간으로 피어나고
웅덩이처럼 패였던 곧은
두 어깨를 사정없이 짓눌려 오니
떠나갔던 제 영혼이 채워지는가 봅니다

예전 기쁘고 슬프고 행복했던 달콤한 시절
향기는 빛바래어 간데없고
맛볼 수도 없고
형상 하나 존재치 않았습니다

아직도 임을 모르겠습니다
사랑이 달콤한지도 모르겠습니다
고요해져 가는 시간 속에
침묵이 그립습니다

떠나갔던 임이 돌아왔습니다
무색으로 무표정으로 올라선 그대여
목을 타고 오르는 슬픔은 기쁨의 표상인가 봅니다

임으로 채워진 사랑은 말이 없습니다
미소로 세월은 어느덧 채워져만 갑니다
저는 여자인가 봅니다
알 수 없는 임을 사랑합니다

2005. 5. 23

연인

좁은 문을 박차고 씩씩하게 들어선 떨림은
제2의 생애 시작으로 희미한 불꽃은 피어나고
아련히 떠오르는 곱다란 임의 두 손에 첫눈은 내린다

어둠침침한 울안에 갇힌 그대
70년대 가요를 타고 흐르는 콧노래가 서럽다

나날이 홀로 탁자 위에 가지런한 깜장 알맹이
무슨 사연이 그리도 깊어 임의 애달픈 목소리도 잊는구나!

저 숲속 뻐꾹새 종달새는 살아서
한참 놀다가 고운 음색 살을 꿰고
처녀 바람 보드라워 간지럼에 미소 짓고
저 멀리서 사박사박 사랑이 피어난다

심장 같은 정신교감으로 가물 가물거림에
노인은 청춘이 되고 처녀, 총각은 소녀 소년이 되어
젊은 꽃 날로 기쁨은 성장한다

무더위 줄곧 짙어갈 제
뙤약볕에 못 이겨 억수 같은 장맛비에
흐느낌 없는 구슬픈 눈물의 씻겨옴은
환상의 연인이란 막을 내렸다

심장만이 존재한 사랑은 이 세상에 없었다
어느새 나 홀로 걸어가고 있음을 알게 되었고
꿈속의 길을 헤매다 지쳐 쓰러진 후
아주 조그만 현실의 임을 발견하게 되었다

나와 닮은 연인은 무심하지 않았다
벗과의 평범한 여자의 길을 시작하고 싶다

2005. 6. 30

초인의 사랑

그대의 목소리는 낭랑하고 유머가 넘치는 푸른 바다 같습니다
얼굴을 뵈려고 다가서지 못하고 눈을 가렸습니다
탱글탱글하고 씁쓸한 감은 가을 햇살에 못 이겨
말랑말랑한 홍씨가 되어 갑니다

멀리서 흰 구름 바라보듯 무심코 흘러간
그대의 그림자가 가슴에 어리듯 아른해집니다
어느덧 폭포 같은 냉랭한 눈바람이 휘몰아치곤
흰 눈이 소복 쌓였습니다
지우려고 잊으려고 돌아서지만 앉은 자리는
눈물의 강이 되어버렸습니다

그대를 생각한 적도 사랑해 본 적도 없는 지난 시절이
반석의 바위에 내린 제비꽃처럼 꽃을 피우며 미소를 전합니다
커피의 향기 날리며 감미로운 음악은 저의 위로가 되어
뭉게뭉게 흘러갑니다

2006. 9. 29

은빛 바늘과 황금 실 되어

트인 구멍이라곤 좁은 틈의 귀 창살로
몸뚱어리는 뾰족하고도 날카롭게 깎여진 고난의 인생길을
말하려는 듯 쉬이 눕지도 못하고
타인을 찌를 듯 경계 삼아 은빛을 더한다
눈물의 방울로 세월 지새며 옷깃을 스쳐온 지난 세월

문득 옷매무새에 실밥이 풀어져 나간다
한 가닥을 잡은 실은 누에고치처럼 뽑혀 나오는데
닳아 해어져 추억의 실은 이렇게 끊어졌다
지워져 버린 흔적들은
금빛 실로 은빛 바늘을 찾아 곱게 수놓은 듯
비단처럼 감미롭게 좁은 문으로 자연스레 들어와서는
화려한 연인으로 변장했다

하늘의 다리인가? 운명인가?

만날 시간이면 두 연인은 새하얀 옥양목에 잔디밭을 누리듯

눈멀도록 춤을 추었다

어느새 떠날 시간이 되려 하니 아담과 이브는 환상의

키스를 수놓고 있었다

그렇게 지새운 밤은 눈물의 골짜기에 이르렀나 보다

생명이 다해진 황금 실은 은빛의 바늘에

영원의 사랑을 약속하며 천국의 길 들었다

2008. 6. 10

시인의 사랑

완전한 사랑은 푸른 하늘의 가득 메운 뭉게구름처럼
움직임도 없이 그저 그렇게 머물곤 했습니다
그러다가 흰 바람이 후~~하고 불어오자
얼굴 없는 음성만이 천둥처럼 아기 구름을 갈라 찢어 놓더니
아름다움은 사라지고 어려운 모자이크의 과제만이 남았습니다
목청을 햇빛으로 맞추면 녹아 사라져
공기 속의 메아리만이 들리듯 말듯…
입술을 달빛에 두면 그리움은 눈 꽃송이처럼
보일 듯 보이지 않게 소복이 쌓이더니
등을 대고 돌아서면
희망은 차가운 눈동자에 고여서 슬픔의 골짜기로
소리 없이 은구슬 되어 흘렀습니다
시인은
매일매일 들판에서 진달래, 아네모네, 들장미, 산수화를 꺾어다가
사랑하는 임의 발 앞에 살며시 놓고 갔답니다
폭우가 쏟아질 때면 닫힌 문간에 굽히고 앉아 빗소리를 사랑의
발자취란 휴식으로 위안 삼곤 했습니다

시간은 흘러 보이던 임은 눈에서 멀어지고…

들어도 들리지 않더니…

내리쬐는 한여름을 씻겨주는 비발디의 사계 중에서

여름이 들려왔습니다

듣는 순간 왼손가락은 쉴 새 없이 따라서 춤을 추며

바이올린 연주가와 하나 된 듯했습니다

서서히 사라져가는 여운 속에 사랑하는 임의 고백이 들려왔습니다

마치 바닷속의 진주조개가 고통을 악물고 삼킨 후

자연스레 산후의 입술을 열더니 진주 한 알 빛나고 있었습니다

초연한 시인은 한 알의 진주를 꺼내기는커녕

물끄러미 놓아주며 바라만 보았습니다

2008. 7. 11

나의 침실로

나의 침실로 들어와요
장미는 투명한 실루엣을 걸치고
꽃 술잔을 들며…
그대의 진한 키스를 건네주오

붉은 입맞춤은 초원을 꽃피우고
울타리로 파고드는 모닝글로리의 몸짓은
생명의 태동으로 피어난다네

사랑의 울림으로 터져나는 급격한 소나기를 맞으면서도
빛을 향한 해바라기는 더욱 뜨겁다
지글지글 타오르는 숲속의 때늦은 아지랑이는
땀방울을 송송 영글게 하더니
우윳빛 속살을 타고 내리는 듯한
시냇물 소리는 고요하고
짝짓는 지빠귀의 지저귐은 천둥으로 요란하다

좁다란 오솔길을 따라 걷다 보면
차갑게 흐르며 물살을 가르는 징검다리가
정겹게 하나, 둘, 셋…
어깨를 나란히 하며 웃음 짓고

들녘의 노을은 진 붉게 물들어 고개 숙이면
꽃바구니를 든 어여쁜 아가씨의 볼은
포도주에 홍 취한 듯 풍작의 기쁨을 나누네!

시골 한적한 오두막으로 발길을 향하면
빵 굽는 냄새가 솔솔 피어나고
굴뚝으로 나는 연기는 깊은 사랑을 알리려네

밤하늘이 짙어가면 아가의 눈망울처럼
내 임의 사랑을 애타게 그리듯
손꼽아 헤아리는 저 별들의 수는 늘어만 가네

뜬눈으로 지새운 밤은 새하얀 기다림의 징표인 듯
동트는 새벽녘은 이슬을 타듯 얼 속에 맺히고
새들의 멜로디는 메아리치듯 차가운 피부를 적시며 잠을 깨우네

2009. 5. 27

A Ring of your heart

애타게 찾던 임을 찾았다
깔끔한 바닥에서 아이들은 소란스럽고 여자들이 둘러앉았다
화기애애한 밝은 표정이 평온함으로 빛난다
바로 이곳이야 나의 영원한 연인이 되어 줄 거야!
찬란한 별빛이 나를 감싸 줄 거라 소리 한번 내뿜지 못하더니만
빛은 퇴색되고 생명은 꺼져간다
달콤함도 없다
묵묵히 꺼진 별 하나!
소리도 없다
눈동자도 없다
살아있어도 말없이 죽어간다
문득 새벽빛을 알리는 생명의 태동은 잠을 깨운다
보이지도 않는다
맛도 없다

메마른 숨구멍은 살갗을 걷어치운다
무의미한 듯 지루한 나의 본성은 들린다
열어다오 오너라
나의 영원성의 고유함이여,
Ring이여!

2011. 1. 1

천년의 사랑

척박한 땅속은 태초의 어두움뿐이었다
자갈돌, 거칠고 모난 큰 돌, 곱게 갈린 흙들은 밭을 덮고 있었다
그늘진 그곳에 강렬한 햇빛이 들었다
굳은 땅을 비집고 들어간 손가락 마디마디 갈라진 틈 사이로
피고름이 맺혔다
선혈은 곱게 간 이랑을 타고 한 방울 한 방울 흘렀다
태양으로 또다시 쪼개어지고 갈라지더니만
수천 갈래의 빗줄기는 사랑이 되어 그곳에 생명의
물주기가 되어 주었다
천지는 빛과 어둠으로 하나 되어 씨앗을 잉태 하였다
햇빛은 생명을 낳고 싹을 움트게 하더니 초록 정원을 꽃 피웠다

2012. 4. 26

달님과 별님 이야기

정류장 앞 생산직 노동자들이 공장별로 통근 버스를 기다린다
화학 공장 버스가 한 대 두 대 지나면 너도나도 말없이 타더라
어깨가 아프다, 손가락이 욱신거린다, 허리에 통증이 전해진다
오늘 하루는 어떻게 보낼까?
슬픔과 깊고 깊은 한숨이 뿜어 나온다
생명이 숨 쉬는 소리 온통 쉴 새 없이 돌아가는 기계소음들
노동자는 뜨거운 열기가 흐르는 곳으로 몸을 쑤셔 넣었다
고열의 합선이 언제 터질지
고압이 언제 폭발할지 생각을 저버린 채
하루살이를 위해 아낌없이 던져야 하는 목숨
구더기보다는 나을까? 시작부터 마침은 가슴 골짜기로 흐르는
물줄기조차 쉼 없다
그러다 하늘은 깜깜해져 온다
일 분, 일 초 간격으로 빛은 사라지고
우러러 보이는 것이라곤 선명한 초승달인데 그들은 등을 돌렸다
그 곁에는 작은 별빛일까? 인공위성일까? 쉼 없이 반짝거린다
난 어여쁜 별이라고 믿고 싶다
달님은 듣고 별빛은 반짝반짝 속삭인다

뭐라고 얘기하는 걸까?

하루를 채우기만 애쓰는 달님아,

별 볼 일 없는 별님 좀 바라봐 주겠니?

그러면 빛에 가려지고 어둠 속에 더욱 빛나는 너와 나의

사랑을 마주할 수 있잖니?

그러자 달님은 조금만 기다려

사는 게 내 마음 같지가 않아

너를 볼 희망을 지니고 인내하면

언젠가 만날 수 있을 거야!

그때는 외롭지도 고독하지도 않을 거야!

잠시 어두운 곳에서 통근 버스가 목적지에 서자

노동자는 조금 가벼워진 듯

어깨를 추스르며 버스에서 내린다

2017. 1. 8

낭만을 찾아서

꿈을 꾸며

꽃길 가지런히 수놓은 올곧은 밤
책 속 깊이 파고들다 충만했던 행복의 시간
창을 빼 들고 악이란 넘나들 수 없었던 때
석 달의 휴식으로 절개 같은 꿈은 내려앉았다

한발 한발 내어 디딘 그곳은 깊은 구렁 속
연민의 불 살며시 놓다 홀로 남은 사랑
영화 속 꿈결의 시간은 거짓이라는 한 마디
다시는 볼 수 없고 만날 수 없다는 현실

이상의 꿈을 가져본 적 없었던 이
뜨겁게 불타던 사랑
진실이라고 믿었던 한마디 한마디는 이내 헛된 꿈
변명의 너울 속 올가미에 채워진 사랑

약소국이여! 그대의 절제된 개방은
강대국에서 밀려든 유혹의 물결을 살피지 못하고
쓰러져만 가고 죽어가는 절망 속에도
조건 없는 사랑의 위대함을 딛고 그녀는 또다시 날개를 펼친다

2005. 3. 2

꿈꾸는 내 집

봄볕 가득 먹어 커튼 빛깔 짙어가더니
한 쌍의 노인 옹기종기 궁리 끝에
커튼 접고 유리창 단장한다

쓱싹쓱싹 뽀드득뽀드득
땀방울 송골송골 영글어져도
한마디도 건넬 수 없을 무아지경의 모습
푸른 대야를 온통 차지한 빨랫감
새하얀 이를 갈망하듯 주인 손길을 기다린다
쏴 쏴 콸콸 흐르는 물소리
자주 돌아가는 탈수의 초읽기는 새 기운을 준비하게 한다

보드라운 향기가 풍기고
윤기 나는 우리 집을 사랑한다
일상대로 밥을 먹고 잠을 자고 이야기하는 장소지만
나의 쉼터는 모든 작업이 이루어지는 곳

눈을 뜬 채 꿈꾸는 내 집을 안았다

떠나갔던 가족이 보이는 걸까?
자신을 받아들이는 걸까?
구석구석 박아 둔 옛 그림자가 살아나는 가족애
늘어난 식구 끼고 성숙한 서로의 모습에 삶은 이어간다

잃어버린 꿈을 찾아 맴돌다가
나의 안식처를 발견한다

이곳은 아마도 예전 숲속의 동물 나라였을 것이다

2005. 7. 19

자전거에 낭만을 싣고

첨단과학 발전으로 물질 만능주의가 팽팽한 전자동시대
나에겐 유일한 수동식 새하얀 자전거 있다

한여름 뙤약볕 내리쬘 때는
흰 모자 눌러쓰고 목적지를 향해 방향키만 잡고
나들이한 자전거다

인연은 동전 한 닢으로 외출 시작
언덕 내리막길 두려워 서성이던 도전의 시간

차선도로 접어들 때 쉼 없이 페달을 밟던 두 발이어도
탄력에 의해 오르막길은 잠시뿐이었다

나의 무게 내림은 오토매틱이어서 즐거움이 넘쳐 나도
그 무게를 되돌려 올림은 벗이 되어
거닐고 이끌어 주어야 하는 힘겨움이 있었다

한겨울 자전거는 외양간의 고삐 찬 송아지처럼 계절 먹어
녹슨 자물쇠 차고
묵묵히 달리고자 서 있는
바람 빠진 새하얀 그대가 애처로워 보인다

봄이 오면 흰 바구니에 땀방울 담고 맛난 과일도 담아서
새파란 하늘 바라보고 날갯짓하며 마음껏 달려보고도 싶다

2004. 11. 27

가난한 자의 행복

넓고도 넓은 세상의 한 해 시작은
완성된 동그란 하나의 원이었습니다

한 달 지나서 두 달, 석 달…
봄의 향기 마시고 달콤한 얼굴빛 피어나더니
노랑 하늘이 살찌워지는 소리가 통통하고 졌습니다

넉 달, 다섯 달, 여섯 달…
찡그린 얼굴에 물주기를 내리더니
여름의 맛은 짜디짠 소금 내음이었습니다

일곱 달, 여덟 달, 아홉 달…
산들바람 처녀 가슴 간지럽히고
돌돌 말린 낙엽만을 뿌린 채 훌쩍 떠났습니다

뱅 그러니 돌다 백지 위에 검은 눈동자가 마주하더니
방안에 우두커니 앉은 꼬마 인형은
새 하양 눈 덮인 세상을 꿈꾸고 있었답니다

열 달, 열한 달, 열두 달…
생명이 잠드는 숲속 마을은
내일의 미소를 그리며 땅속 깊이 들었답니다

2005. 11. 2

자유를 향하여

지글지글 타오르는 태양은
잿빛 구름에 가려 어둠으로 피어났다
싸늘한 냉기로 육체는 침체 되어
물 한 모금 삼키는 것도 고통스럽다

달려가고
비추고
가려지고
또다시 극한에 다다랐다

쌀 한 톨 넘기고 뱉어내고
소주 한 잔 기울이고 기울여도 그 안은
아무리 채워도 비워진다

어둠을 쏟아내는 욕지거리는
나쁜 것이라 침묵하던 시절
길을 걷다가
쓰러진 자신을 세우기 위해
난 두뇌 속을 힘껏 뱉고 일어선다

까닭 없는 슬픔은 목구멍을 누르고
사랑은 파괴되어
홀로 걷는 길
또다시 고독의 침방으로 든다

마음을 드높이 읊어드린 기도 소리
온 땅은 기쁨으로 아늑해져 오고
또다시 평화가 머문다

2005. 9. 3

축음기를 향하여

혼자만의 사랑은 쉼표 없이 오늘도 돌고 내일도 돌고
영원히 돌아갈 것인가?
예약된 징표인 양 보드라운 미소 하나 남긴 채
그저 무감각의 노예인 듯 숨소리조차 죽었다
너와 나의 원점은 멀고도 가까워 튕기지도
당겨지지도 못한 채 생을 그저 낳는다
선명한 음파의 선율은 골이 패어 박힌다
또다시 제자리 돌아오면
사랑의 그리움이 피어나도 다 쏟아내지 못하는 피의 용솟음
텅 빈 뱃속의 부작용은 변절자의 구토만 남긴다
온갖 오물이 흘러 그 앞에 서 있는 거울 앞의 나 없다
맨발로 뛰쳐 가 불러 볼까?
다만, 지금은
허공 속의 영만이 악취처럼 따라다닌다

2006. 3. 28

커피 칸타타

분주한 아침을 진한 아메리카노로 향기를 더한다
낯선 바텐더의 미소는 딱딱한 원두 알갱이를 무참히 깨어 부순다
고요히 올려다 놓은 뜨거운 쓴맛이 혀끝으로 파고든다
오늘은 쓴맛 내일은 부드러운 맛
친절한 바텐더에게 카푸치노를 주문한다
우유, 원두커피, 비밀스러운 재료들…
정겨운 커피잔 속에 그려진 사랑의 마크는
부드러운 맛으로 혀를 감싼다
마시면 마실수록 쓴맛 없는 촉촉한 거품의 깊은 맛을
잊을 수가 없다
햇살 가득한 오후
푸른 하늘을 만끽하며 달리는 그녀에게
커피는 영원한 별이 되었다

2010. 2. 5

고독을 찾아서

침묵

호수처럼 고요하다!
그대 입술
강물처럼 평온하다!
그대 두 눈

감겼던 우체통 먼 통화료 부과는
머나먼 시간으로 향하는 하늘의 빛

침묵의 고요는 여전히 흘러도
현실의 그대는 한순간 깨어지고 마는구나!

알고 싶다 알고 싶다 그대의 숨은 그림자
홀로 깨어 살아 부은들 가련하다

떠난 자리는 열린 자리
채워지지 않고 늘 시작일 뿐이다

빛과 어둠의 교차는 한갓 꿈
변형되지 않는 자신을 굳이 바꾸려 하지 말자

귀한 자리에 들려 해도 들지 못하는 자리
영혼은 꺼져가더니 죽음의 음성이 내린다

살려는 그 길은 죽으려 가는 길
죽으려는 그 길은 살아 숨 쉬는 길

들리듯 말 듯한 그대만의 작은 길
옹기그릇 속 보석 간직하련다

2005. 7. 7

홀로서기

너 어디 있느냐?

왜 불러도 대답을 하지 않느냐?

저를 언제 부르셨습니까?

날마다 손짓을 하지 않았느냐?

그럴 때마다 넌 항상 쪼그리고 앉아

혼자서 밭을 갈더구나

들어도 듣지 않고

보아도 보지 않고

풀보다 작은 씨앗 하나 남겨둔 너였어

무얼 심을까?

무얼 가꿀까?

눈동자 두 알 묻어두고 넌 떠났지?

너 어디 있느냐?

왜 불러도 대답을 하지 않느냐?

저를 언제 부르셨습니까?

매일매일 해변에 발을 담그라고 하지 않았느냐?

그럴 때마다 넌 열 개의 발가락만 적시고 달아났었지?

어느 날 잔잔한 파도의 손짓에
한 발 딛고 두 발 딛고 세 발 딛고 조금씩 잠기더니
눈이 먼 채 바닷속을 거닐게 되었지?
언젠가 거북이 등살을 타고 세찬 풍랑에 휩쓸려
이별 후 조그만 궁전에 갇혀 버렸어!

그렇게 수십 밤을 보내고 나니 문밖을 나가고 싶었지!
그때 목소리가 들렸어!
이 세상에 넌 가장 보잘것없는 존재라고…
그 순간 문이 열리더니
진주 한 알은 바닷속을 환히 밝혔어!
진주는 자신이 누군지도 모른 채 텃밭에 묻어둔
두 눈동자를 찾으러 나섰어!
그때 놀라운 음성이 들렸어!

너 어디 있느냐?
"예, 여기 있습니다"라고 대답하니
순간 진주는 세상의 꿈을 전하는 또 다른 향기가 되었지!

2005. 7. 26

고독을 찾아서

인간의 굴레

사막의 불볕더위 강렬해져도
언덕처럼 솟아오른 모래주머니 뭉쳤다

꽃봉오리 사내의 심장 깊숙한 곳
암흑의 벌거숭이 눈감아 버렸다

축 처진 낙타의 눈망울 저물더니
모래 수렁을 벗어나려 목마름 잊고 걸었다

빛은 어둠을 향해 고개 숙이고
어둠은 빛을 향해 일어섰다

시간의 굴레를 타고 도는 피조물 속
은은한 달빛은 보름을 먹고
사람은 한 걸음 한 걸음씩 나이를 먹었다

꽃은 피고 지고

해는 뜨고 저물고

인간은 나고 들고

생은 웃고 울고

여전히 돌고, 돌고, 돌고

멈춘 그곳은 인간의 굴레란 종착점이었다

2005. 8. 21

고독

지푸라기 훨훨 태우는
고요한 산골짜기로 발돋움하니
비워지고 비워져 꺼져가는 목소리는
낯선 길을 해치고 북쪽으로 달리다가
되돌아서 남쪽으로 서서히 걸었다

있는 자리는 늘 찬란히 빛나는
화려한 복숭앗빛에 물든다

한 잔 두 잔 홀로 찾는 소주방에
씁쓸한 무색의 맛은
더더욱 앵두 빛을 띄우며 달콤함으로 젖어 든다

숨 가쁘게 올라선 산꼭대기엔
유유자적 날개 펼치며 나르는
까마귀 우는 소리마저 구슬프다

2005. 11. 8

평행선

비좁은 공간을 물끄러미 바라보는데
문득 한 직선이 살짝이 점점 가까이 다가오더라

두 눈을 내리고 급히 오르다가 화살처럼 지나가니
서로 마주 볼 수 없더라

또 다른 한 직선은 바람처럼 휭하니 왔다가
빼꼼히 바라보곤 어디론가 늘 그렇게 사라진다

교묘히 마주칠세라 두근대는 가슴이 속도를 늦출 때면
파란 선은 짙은 붉은 선으로 돌발한다

여전히 교차해 보지도 못하고 두 직선은 만남도 이별도 없는
그렇게 다시 정적의 공간을 향해 말없이 나아간다

2007. 11. 27

포도나무

키 작은 나무 한 그루 있었네
온실에서만 자라다 동경한 활기의 세상
뿌리를 뻗고 조심스레 땅속 깊이 길을 낸다
찬미가 넘치는 거룩한 나라의 웃음소리
홍청망청 포식으로 헤아릴 수 없는 영양 과다로
싹도 틔우지 못한 채 죽어간다
늘어만 가는 가지는 뿌리도 혼동한 채 땅속으로 든다
서리가 내린 얼음 땅
퍼석한 껍질마저 부서져 찬바람이 휘도는
땅속으로 "이곳이야"라고 기꺼워하며 용을 써 보아도
가로막힌 돌덩이들이 끝없이 놓여 있었다
물기는 사라지고 생명조차 꺼지는 가지조차 피눈물 흘리며 굽는다
부드럽고 아름다운 나무 한 그루는
흉악해지고 얼룩지고 풀리지 못할 칡덩굴처럼
모든 나무를 휘감아 생명을 파괴한다

사악한 무리의 덩굴로 변해가는 모습도 잊은 채
모두가 떠나고 고요만 남는다
정답던 벗들도 사라지고
가지는 새로이 하늘을 우러르며 자신의 뿌리를 찾아든다
귀하고도 고귀한 생명 나무
열매 맺는 포도나무여!

2006. 12. 28

영혼의 그릇

수북이 쌓지 못하는 천 개의 알갱이가
뭉쳐져 담장을 넘어왔습니다
검둥이 흰둥이 황색 빛깔을 한 다양한 색상으로
윤기가 조르르 흐릅니다
요것 저것 한 알씩 헤아리며 소리 없이 삼키면
허기진 것도 잊어버립니다
생명의 양식은 맑은 피를 보내고 영원의 생명을 꽃 피웁니다
언제부턴가 배고픔도 잊었습니다
텅 빈 놋그릇 속 행복의 알갱이가 친구 되어줍니다
오곡백과로 살찌운 낭군은 빈집 홀로 지키는 낭자를
어느덧 발견했습니다
구름다리 없어 그들은 먼 곳에서 절뚝거리는
사랑의 화살을 쏘았습니다
마법에 걸려 잠든 낭자는 낭군의 이름을 부르지 못했답니다
일곱 난쟁이만 춤추는 작은 마을도 깊은 잠에 빠졌습니다
그러다 낭군이 떠난 뒤 하루 이틀 사흘…
눈물의 방울이 얼어버린 심장을 녹였습니다
사랑이 피어나자 죽은 꽃들도 깨어났습니다

온 세상이 밝아졌습니다
누더기 같은 밥그릇 속에 왕관 쓴 낭군이 들어서자
빛으로 하나가 되었습니다

2006. 10. 10

사막의 발자국

임이여! 그대는 무엇을 먹고 살아가는가?
물을 마시며 목구멍을 적시듯
밥을 먹으며 생기와 활력소를 더하는데
허기를 채우는 육신조차 이젠 아무런 말을 하지 못하고
시들어 간다
금식과 단식을 드러내지 않는데
이토록 수분이 빠져나가는 것은
검은 태양 아래 오직 사막뿐이던가?
풀풀 날리는 모래바람으로 메마른 입술마냥
부서져 재가 되어 날아간다
힘겨운 어깨를 감싸느라 고개조차 들지 못하는 그대
뒤의 발자국은 어디 가고 없다
바람에 의해 덮이고 묻혀 새롭게 생겨나기만 하는
움푹 팬 발자국 속으로 무엇을 채울까?

2008. 4. 7

영혼의 음성

고르지 못한 주파수의 소리에도 불구하고
나의 유일한 벗인 라디오!
눈을 뜨면 집게손가락은 저절로 버튼을 누른다
낮과 밤 쉴 새 없이 잔잔히 흘러나오는 바이올린의 선율
웅장하고도 밝은 피아노 울림, 재즈 음악들은
길고도 추운 날을 따사롭게 해준다
얼굴 없는 다양한 목소리가 넘어가면
책장을 멈칫 세우고
안단테의 속도를 유지하며 촘촘히 나아가는
일상생활은 힘겨운 줄 모르는데
첼로의 짙은 음색의 소리
은색 종소리의 부딪히는 청량한 소리에 마음은 더욱더 묶인다
늦은 오후
늘 무심코 지나가다가 어떤 한 목소리가 무디어진 영혼을 사로잡자
호기심 한 발짝 내디딘 청취자 참여란에 클릭하는
적극적인 자세를 취하며 회원가입 한 그날,
변심하여 몇 분 지나지 않아서 삭제하고 잊어버리려 했는데
자꾸만 그 크고 깊은 울림은 무엇인가 나를 붙잡는다

검색에 I자의 이름을 치고 보니
너무나 앳된 모습의 젊은 청년이었다
어찌나! 놀란 나머지 성미가 메마르고 급해서
인연은 이렇게 스쳐 가는 것일까?
다행이다 한 달 후에 재가입할 수 있다니,
그런데 I자의 미니홈피가 있으니 방명록에 발 도장을 찍으며
그의 노래를 듣고 난 영혼의 움직임을 써 보았다
가슴을 울리며 눈물의 샘을 뚫는 그 힘은 무엇인가?
왜 그토록 슬프던가?
알 수 없는 슬픔의 눈물을 자제하며 들어 볼 때면
시든 꽃이 환하게 살아나는 것이지!

2008. 4. 16

고독의 시간

늘 일정한 규율 속에 낮과 밤을 쉼 없이 그렇게…
1m의 공간 속으로 호흡도 멎은 채…
느린 심장 박동 소리는 꽃다운 청춘을 묻어두고
한동안 잡초만이 무성히 자랐다
찾아오는 벗들로 하나, 둘 발길이 끊어지자
요란하던 풀잎도 시들고 그 흔적을 감추었네

홀로 있을 때가 완전함인데 떠나려고만
발버둥 치는 영혼의 몸부림은
쓰라림이란 고통과 눈물과 번민으로 시체가 되어간다
그대의 얼 속에 내가 있고 내 얼 속에 그대가 있어서
말 없는 침묵 속에 한참 동안을 움직임 없이 물끄러미 바라보았네

우리는 이미 분리될 수 없는 하나의 존재였다
멜로디를 타고 흐르는 사랑의 대화는 눈물의 샘을 이루고
기약 없는 이별의 시간이 이 세상을 조금씩 닫아버리자
무더위의 열기는 빗방울에 씻겨지고 고독은 하늘 높이 비상하였네

2008. 7. 21

고독의 찬가

마음껏 사랑하는데도 더욱 고독해지는 것은 왜일까?
홀로 고독해 있을 때는 온 세상을 얻은 듯 부유하고
굶주림도 배고픔도 잊을 만큼 충만해 있는 사랑의 우물을
퍼낼 수도 퍼 담을 수도 없는 그 자리는 대체 무어란 말인가?
가을 하늘의 햇살이 아침 창가로 볼을 비출 때면
배부른 양식인 듯 한껏 취해 쪼그라져 잠든다
피부로 닿지 않는 신선한 바람은 한 폭의 그림인 듯
잎새는 나부끼고 창문을 두드리는 기척에 살며시 귀를 기울인다
아! 가을 하늘은 이토록 점점 높아만 가니
나의 가슴은 까닭 없이 설렌다
고개를 들어보면 저 높은 곳의 회색 구름을 거닐고
하늘은 빗방울을 세차게 알리듯 말 듯
고인 눈물을 위로하는구나!

2009. 1. 4

이름 모를 꽃이여

그대를 한 번도 본 적 없는데
다만 붉은 심장의 고동 소리가 생명의 인도자 되어
백 년을 기약한 듯한 굳은 자물쇠를 두드린다
젊은 날의 아리따운 떨기의 꽃 한 송이마냥
시들지도 더 피어나지 못하는 멈추어진 망각의 문을…
얼음 속에 갇혀 깨어 부수고
나오지도 눈뜨지도 못하고 잠들어 있어야 하는 이름 모를 꽃이여!

그대의 음성으로 얼음은 녹아나고 꽃은 숨을 쉰다네
잠든 사이 사랑의 노래를 부르고 살짝이 사라지곤
사랑한다는 수백 번의 그대 몸짓의 고백을 난 알아듣지 못했네
미소도, 춤도, 노래도…
이름 모를 꽃이여!

따스한 얼굴 한 번 내밀지도 않고
차가운 고갯짓으로 시선을 외면하는 자태는
가까이 있어도 너무나 먼 우리의 사랑이어라
시들어 가는 그대 살결은 늙고 병들어 가는구나!
따스한 손길이 떠나가고 가까이 있어도 보지 못하는
눈물의 꽃이여!

메마른 웅덩이를 세월로 채우느라 흘러든 슬픔은
눈물의 골짜기를 만드는구나!
그대는 쾌쾌한 장롱 속에 넣어둔 손수건을 꺼내 들고는
실컷 울지도 못하고
울음을 삼킨다
아픔도 삼킨다
고통도 삼킨다
이름 모를 꽃이여!

2009. 3. 20

망각의 샘

있기보다 떠나련다
있다는 것은 잠시 쉬었다 가는 것

사물이 눈앞에서 활활 타오르듯
벽난로 속으로 그렇게 타들어 가곤
재가 되어 아무것도 없는 것

허기진 채 밥그릇을 긁어대며
요란하게 채워 넣어도 위장은 타다 남은 논두렁

사랑한다고 수천 번 되뇌며
눈과 입을 맞추어 보아도 텅 빈 하늘과 얼어붙은 땅

살아야 한다고 주먹을 불끈 쥐며 발걸음 세차게 달려보아도
새하얀 백지이다

웃고, 울며 인간의 숨소리 고적하던 그 시간
지금은 그 누구도 없다

떠나자! 떠나자!
움켜쥐고 있는 죽음이란 소용돌이의 밧줄을 놓아버리고
그렇게 떠나는 거야

가는 걸음마다 놓인 망각의 샘을 들이키며
오늘도 잊고 엊그제도 잊고 그저께도 잊고
다만 내일을 향해…

2010. 6. 15

수행의 길

배낭을 메고
어둠을 밝히는 지팡이를 두드리며 걷는다

빛을 어둠으로 채우는 인생의 첫길 거둔다

말 없는 향로의 지폐를 향해
울퉁불퉁한 그 무언가를 가슴에 안았다

걷는 그 길은 냉혹한 칼바람으로
모난 돌과 부딪히는 멍든 심장 소리 비우자

요란한 빈 수레의 외침도
이젠 황금 앞에선 고요하다 잠들자

발길질 당한 투박한 돌들도
돌고 돌고 돌더니만 들어간다
황제의 궁궐로…

2010. 6. 15

Nothing

언덕 위로 나무 한 그루 서 있다
바람, 휭하니 불어대니
아스라이 매달린 잎사귀 한 잎 두 잎 떨어져
나뒹굴어 댄다
바스락바스락 엉겨 붙어 부서질 듯 말 듯…
잎사귀는 구르고 굴러 휘몰듯 커져만 간다
새들도 짝을 짓고
사자들도 짝을 짓고
뒹굴다 만 푸석한 잎사귀의 속삭임은
이젠, 고요히 잠자코 소리가 없다

2011. 3. 10

회상

산새 소리 들린다
미풍은 볼을 비비며 지나간다
텅 빈 눈동자 속으로 들꽃이 가득하다

나풀대는 흰나비 한 쌍
가녀린 날갯짓 꿀 찾아 분주하다
한숨 돌린 그 자리
들바람에 몸을 맡긴다

2011. 6. 21

고뇌의 거품

파도야! 왜 말이 없느냐?
밀려나는 소리는 고요하다마는
내게로 쓸어오는 온갖 고뇌들은
철썩철썩 병맥주의 거품보다 얇아
너무 세차서 삶의 열정으로 타오르는 고열의 볼을
한칼에 거두어가는구나!
그러나, 벗들의 한 손 한 손에 든 병맥주 거품은
너무 달콤하여 아이스크림처럼
뜨거운 가슴과 입술에 부딪히고 나면
늙은이나 젊은이는 상관없이
욕망도 성냄도 비굴함도 다 녹이고 거두어가는구나!

2012. 3. 13

내가 살아가는 이유

내가 숨을 쉬어도 심장의 가치를 잊고 산다면
맑은 하늘의 빛이 온몸을 감싸고
온기를 불어 주어도 잊고 산다면
지독한 무더위에 허우적거릴 때
문득 소나기가 몹쓸 열기를 씻기고
상쾌한 바람을 선사한다는 것을 잊고 산다면
1분이 1초 같고
10분이 1분 같고
시간이 구름 한 조각임을 잊고 산다면
다달이 빽빽하게 줄지어 선 달력의 숫자들이
Zero가 되어 한 장씩 넘어가는 것을 잊고 산다면
눈뜨자마자 아파트 문을 열고 버튼 하나에 엘리베이터가
1층으로 데려다주는 것을 잊고 산다면
집안의 환기를 위해서
비좁은 쇠창살 틈으로 공기가 먼지를 이끌고
시원함을 선물해주는 것을 잊고 산다면
100m에서 반갑다고 힘껏 달려오는
아이의 사랑을 깨닫지 못한다면

모래알 같은 사탕 한 개로 사랑을 표현하는 것에
무뚝뚝한 채 잊고 산다면
지금까지 먼 길을 걸어오며
미소 짓는 가치를 잊고 산다면
내가 살아가는 이유가 있을까?
그래서 이젠 사랑을 십자로 묶고자 하는 것이
내가 살아가는 이유의 눈뜸이라면
곧 잠들어 버리는 것조차 없음이다

2013. 5. 23

보이지 않는 길

보이면 피하고 싶은 그곳
보이지 않으면 오직 하나만 움직인다
은밀한 그곳에 너는 보이지 않지만
나는 보인다
흐릿한 그 무언가의 걸음 소리와 검은 심장이 일어나려 한다
멈추지 않는 시간은 침묵으로 가득해지고 쌓이는 그 길은 있다

나오지도 들어가다 못해 납작한 못난 가슴아!
우주로 맴돌다 행성은 만났다만
초점이 흐려지는 순간 광음의 폭발로 번진다
잔해들은 또다시 뿔뿔이 흩어져 퍼즐 조각의 수수께끼를 남긴다
어제도 가고 엊그제도 가고 그저께도 갔지만
내 사랑은 아직도 보이지 않는 그 길에 있다

2014. 11. 11

시간의 흐름

째깍째깍 한결같이 지팡이 두들기는 할아범 헛기침 소리
해 저물면 문지방 넘다 들던 아이들의 웃음도 사라진다

고요한 산골짜기 평온한 마을
우레 같은 빗줄기 가슴 속 무너뜨리고 완전히
지워져 버린 세월
사랑도 낭만도 희망도 모두 쓸려간 빈터만 남아 여전히 자리한다

그대가 변치 않은가?
세월이 변치 않은가?

움직이지 않은 그대
발걸음으로 시간은 멈추었다
그래도 늘 돌아가는 것은 시곗바늘
난 초침 소리에 발맞추어 눈동자 돌리고 오른팔 긁적인다

각도 15도 기울면 고개도 부채꼴 그리며 우리는 하나이듯
꼭 다문 입술 말없이 바라본다

2006. 7. 23

자연을 찾아서

즐겁고 기쁘고 영원토록 행복할 거라 약속했는데…
한구석에 놓인 피아노 선율은 꺼져가는 한 여인의
가냘픈 사랑을 읊는다
떠나간 내 사랑
보고파 안고 싶어도 맘껏 속삭이고 싶어도
쉽사리 만나지 못해 병이 들어간다

눈빛만으로 스쳐 가고 더욱더 구속된 세계를 찾아드니
날개는 더 접히지 않고 눈물이 녹아 슬픔은 넘어난다

고요한 대지 위에 태풍은 느닷없이 비, 바람을 몰고 와
죽은 영혼을 실어간다
무덤 속 육은 떠나 고이 정돈되어 한결같이 유령 되어
공중 위를 방황한다
그대와 나의 이분법은 메마른 십자가를 맞서는가?
내 인생의 무게는 생의 거부로 갈림길인가?

채워짐은 비워짐의 시간으로 향하고

비워짐은 채워짐의 연속에 늘 Zero로 서 있어야 하는 난

저항할 수 없는 들꽃과 같구나!

2006. 8. 28

미다스 손

펜만을 굴리던 오른손
오른손을 받치던 왼손
망가지지 않으려고 열 손가락은 준비되었다
여가를 즐기던 양손은 무엇을 해볼까?
최저의 생계비를 어떻게 벌어들일까?
무작정 자동차 부품 조립 공장에 들렀다
곳곳의 백열등 작업대 위로 눈만 뜨면 희미한 형광등
빛 주위는 어두침침하다
허름한 작업대 위로 자동차 트렁크에
시커먼 제품을 쿵 하고 들어 올린다
사람 손은 쉼 없이 돌아가지만, 적막감은 더해간다
난생처음 여섯 개의 홀에다
초록 플라스틱을 마구잡이 끼워 넣는다
볼트도 박는다
딱지도 붙인다
한 수련공은 갑자기 열 손가락이
기계처럼 돌아가도록 말채찍을 든다
노동자는 쇠사슬에 묶인 노예처럼 매를 맞으며 학대받는다

휴식도 없이 열 손가락은 돌아간다
입 한 번 열지 못하고
인간 로봇처럼 돌아간다
하루, 이틀… 이렇게 손가락은
사창가의 창녀들처럼 강한 통증을 느낀다
갑자기 두 손은 움직이지 않는다
굽혀지지도 않는다
생명이 멈추어진 걸까?
노예가 된 열 손가락 60일간 사창가 생활은 음침했다
부족한 생산량이 급속히 성장했다
그러자 미다스 손은 이렇게 멈추었다
황금을 놓아 버렸다
시간을 놓아 버렸다
사창가 문은 닫혔다
창녀가 되어버린 두 손은 이제 휴식을 취한다
하루, 이틀… 쓰레기 같은 열 손가락은
새로이 열꽃으로 피어나기 시작한다
반인반수로 변해버린 열손은 조금씩 인간으로 변해간다

2017. 5. 1

일상 이야기

김밥 예찬

바다 밑동 떠도는 이름 없는 생명의 해초
정사각형이란 흑점의 합일로 잠든 채 살이 될 반려자를 기다리며
엉겨 붙은 백미는 한쪽으로 치우침 없이 골고루 펼쳐진다

일곱 색 고운 빛깔 무지개 나란히 줄지어 서면
윤기 내는 고소한 참기름을 열 손가락 끝에 바르고
알콩달콩 새어 나오지 못하도록 야무지게 말아 올린다

일정한 간격으로 맞추어 썰다 보면 열두 개 원탁조각품
흐트러짐 없는 찰떡궁합은 꽃 접시에 담아
귀한 손님 앞으로 내어놓고
살이 붙지 않은 느슨한 양쪽 끝은
칼날에 빗겨 누추한 접시에 올린다

난 아무도 보아주지 않을 걸레같이 빗겨나온 채소들을
아삭아삭 뽀드득뽀드득 굴속에 살며시 드리운다

형체는 쉼 없이 분리되어 물이 되고
죽음의 그늘진 혈액에 풍성한 피를 제공하며
신진대사를 원활히 해주는 김밥의 소명이 크다는 것을 발견한다

2005. 5. 14

어린이

한 울타리 타고 고개 든 곱슬머리 사내아이
터벅터벅 한 계단 두 계단 오르다 보면
내일은 요만큼 자라서 눈 맞춤 인사로
태양열 먹고 꿈을 담는다

구멍 난 청바지 주머니 속 엽서마냥
너와 나 약속의 고리
오전엔 이렇게 오후엔 저렇게 깨알의 연필 자국 위로
마음은 풍선처럼 점점 부풀어 올라 두둥실 떠간다

이리 기울고 저리 기울어
멍한 눈꺼풀에 호통치는 고함에 쓰러지고
오뚝이처럼 우뚝 일어서는
철부지 아이는 무럭무럭 커간다

자연에 심취해 인간에게 밟힌 잔디의 설움은
억센 대장부로 푸르름을 더하고
경계선 없는 해맑은 웃음은
미래의 길잡이가 된다

2005. 5. 4

어버이

해 뜬 날
어디 가고 없고 한 번 몰락한 세상은
울부짖어도 영영 돌아오지 않던 그때

주렁주렁 달린 알사탕 하나
방바닥을 구르는 먼지 신세에 한숨은 가라앉고
무수한 시간 속
어느덧 검은 머리는 파뿌리 되어 잉꼬 한 쌍 앉았다

입속 굵은 알사탕 서너 개 두고 위로에 젖다 보니
위인은 사라지고 달달 볶인 깨소금 한 알
천 냥 없어도 얼씨구나 좋다

배고픈 소년 소녀 시절 이후
주름살은 하나, 둘 늘어나고 검은 반점 온몸을 점령해도
청춘은 끊이지 않고 백합 향기는 더욱 강열해져 온다

진주 한 알 같은 손자 손녀들

할멈 할아범 보고파 현관문 밀치고

내던진 신발의 흩어짐 속에

인생은 여전히 시작이다

2005. 5. 8

휴식 I

자신만의 홀로 남은 부유한 시간

알람시계 새벽을 요란하게 깨우더니
난, 무심코 늦잠을 자도록 쿡 눌러 꺼 버렸다

음악을 틀어놓고 부스스 눈을 뜨고 세수하며
빵과 커피로 아침 식사했다.

시야를 닫아 버렸어도 무척이나 환한 방 안
늦은 하루
주말의 시작은 그래도 행복하다

쫓기는 일주일의 바쁜 생활로 쌓인 스트레스
샹송, 팝송, 가요, 클래식, 가곡, 국악…
다양한 음악의 흐름으로 내 마음 녹아든다

2003. 3. 13

휴식 II

두 주먹 불끈 쥐고 올라선다 한들 가파른 호흡뿐
서서히 비좁은 창틈 사이 시원한 밤공기 타고 흐르는 바람 구수해

일과를 손에 뿌리치고 한없이 젖어 드는 캄캄한 밤
요란한 텔레비전 영상 떨치고 혼탁한 음성 꺼버린 이때쯤

짓눌린 빵은 조금씩 부풀어 행복을 피우고
괴팍한 그녀 갇혔던 문 깨우니 발작은 내려앉는다

설익은 인생을 쫓는 것은 잊은 채
긴 휴식을 내팽개친 것은 왜일까?

6일간의 사랑은 물기 없이 지워져 가고
7일째 나의 자리에 들었다

게으르다 빈둥거린다 하여 재촉하거늘
돌아선 자신도 모르고 거울을 뵈니 바로 나였다
힘겹다
무얼 만들까 궁리하다
양파 2개, 오이 3개, 감자 5개, 단무지 1개, 쇠고기 100g
메모지에 옮겨 시장 가방 챙기니 긴 치마폭의 여자였다
휴우~~~

2005. 7. 12

잊혀가는 걸레

연둣빛 투명 통 속 희고도 고운 걸레
못난이 벗들 비틀린 채 말라간다

퍼석한 걸레 물먹고 적당히 뺀 후
구석진 먼지를 훔친다

바닥은 도구를 써서 이리저리
성큼성큼 걸음을 옮기다 보면 새까만 얼굴

번쩍 빛나지는 못하지만
평생 낮은 자리만을 고집하는 그대의 광택 찬란해

하루, 이틀, 세월 따르다 보면
보푸라기 피어나고 늘어만 가는 뚫린 구멍 정겨워

수납장 속엔 얼굴 내밀지 않은 마른걸레
수북한 채 기다리며 잠든다

집 안 구석구석 닿은 자리 상쾌해 오면
잊혔던 가장 고마운 작은 손길 그림자

자신을 찢기 우며 태우는 걸레
대청마루 위 발판이었던 역사 길의 위대한 증거물

2005. 7. 31

약속 I

작고 작은 꽃망울 초롱초롱
이슬방울 아스라이 맺혔다.

하늘이 갈리고 번쩍이던 천둥 번개 타고
찢기듯 요란한 빗줄기 피를 쏟는다

내일이면 밝은 햇살 비추리라
새끼손가락 꼭꼭 걸고 아이랑 한 약속

아가 시절 구름과 나
눈 맞춤 인사
아이 시절 달님과 그대
눈인사
소녀 시절 별님과 우린
한나절
성년 시절 그저 채워져 간 언약의 고리

어느덧 보이지 않는 끝의 지점
시작으로 조심스레 한 단계 내려디디면
타원형 무덤으로 피어오른 자기 사랑
못 이겨 가득 머금은 함빡 웃음꽃

2005. 8. 4

약속 II

서른여섯 해의 약속 맞이는
나에겐 시작이고 그대는 마침인가?
무한히 흘려보낸 초바늘은 날이 밝아오면
날카롭게 얼을 쏟아낸다

미친 자여! 고요히 잠든 이를 깨우고자 외쳐보아도
선함은 악으로 그려지고 악은 선으로 그려지니
너와 나는 서로 통하지 않는다

내가 곧 그대가 아니던가?
온종일 목청껏 외쳐도 듣지 못하는 그대는 어디 있는가?
오늘도 약속해 보지만 내일은 깨어진다

땅을 보면 멸시받는 인생
하늘 보면 텅 빈 닭 볏
그대는 멋진 삶 꿈꾸고자 깜장 글씨 채우지만
마음 둘 곳 없는 발걸음 감금된다

2006. 9. 16

유리창 속으로

토도 톡 톡톡 톡톡톡 외줄기 인사
구슬피 울어도 들어 올 수 없는 투명의 세계
차가운 몸짓에 빗방울은 산산이 부서진다네

정오 지 날 무렵
유리 빛은 온통 태양 머금고
재잘재잘 더하는 아이들의
하굣길 걸음 활짝 피어난다네

유리창 너머로는 거짓은 간데없고
벌거숭이 곤충과 새들이 뛰논다네

또다시 암흑이 내리자
깨질 듯한 기운이 유리창을 감싸자
달콤한 유혹의 손길 건너온다네

닫힌 유리창으로
소리치고 발짓하고 잠든 그대는
서서히 들어가고
또 다른 큰 창문을 닫는다네

사랑의 소리
두꺼운 장막을 지나서
살며시 살며시 스며오는 그대는 누구인가요?

2005. 10. 5

고향

상큼한 붉은 빛 포도주
유리잔에 살며시 담으면
온 방은 음표를 그리며 사랑의 입맞춤 피어난다

외눈박이 인생을 부르는 곳
동방의 별이 그리워 온종일 버스를 타면
인적이 드문 고지의 마을은 고요하다

문소리 발걸음 소리로 기쁨의 환호 소리 깨어질까?
늙고 병들어 가는 하늘 보고 낮은 휘파람 날리듯 손짓한다
떠나 있어도 늘 그 자리인 듯
바람 향기 온 방 잠적해 있던 내음
세월에도 흔들림 없는 성당의 온기가 잠들게 한다

새벽을 지새우도록 단 하나의 초점은

나를 그저 말없이 머물게 한다

태양을 안은 듯 맛과 빛깔이 없는 누룩 위의 한 아기

아무것도 지니지 않았다

2006. 1. 2

아내

새벽녘부터 달그락달그락
허기진 경비원 남편 뱃속을 달래느라
24시간 손과 발바닥 불붙이는 아내는 말이 없다

두 손 감추면 세상의 왕은 초췌한 늙은이로 둔갑하고
있는 듯 없는 듯 받들면 바벨탑은 솟구쳐
단 한 번의 실수에도 왕은 밥상을 뒤엎는다

새해가 밝아 구석진 방을 들여다보면
휴식 없는 아내의 그림자
아리따운 뽀얀 얼굴은
뒤엉킨 머리칼 푸석푸석 마른 눈꺼풀
자신을 잊어버린 주름살에 뒷걸음친다

가득한 설거지 찌꺼기 끌어모아도
내일이면 똑같은 싱크대
쭈그린 세탁실 오물락 조물락 묻어나는 피죤의 향기
건조대도 쉴 날이 없다

씻고 또 씻고 닦고 쓸다 보면
뭉텅해진 손톱 갈라지는 손가락 끝으로 피가 흘러
고통의 비명을 삼키는 아내
통통한 발바닥은 기름 한 줌 없는 텃밭으로 남는다

아름다워질 수 없는 아내는
화장대 앞에 토닥토닥 두들겨 보아도
빛나지 않는 얼굴
그래도 깊고 구수한 된장의 맛처럼 풍기는
아내가 싫지 않다

2006. 1. 31

일상

온 세상이 훨훨 불타올라 발 디딜 곳 없어
웅크린 채 벌벌 떠는 이브의 숨결을 타고 있을 때
온 천지 어둑해져 올 때 우주선은 소녀 위를 맴돈다

착한 이여 이곳에 오르렴!
찬란한 음성이 들리고
요란한 빛이 퍼지자 눈물 젖은 이브는 한 계단 두 계단 오르자
문은 닫히고 천상낙원을 가로지른다

저편은 죄악의 불길이 치솟고 시궁창 속 불구덩이에 파묻혀
울부짖는 짐승의 소리
한 밤 두 밤 잠들다 짙은 밤만을 삼켜버린
이브는 처녀로 자라면서 서서히 꿈속에서 깨어나고 있다

사각으로 두른 천지 아래 집 한 채
부모마저 이방인 되어 에덴동산을 지킨다
슬픔도 외로움도 잊은 채 목마른 식물에 물 주고
때 묻은 씻기 그릇 닦기
새까만 빨래 정돈하기
친척 아기 목욕 시키고 밥 주기
매일매일 반찬 색다르게 식탁에 올리기
새벽녘이 되어서야 책장을 넘긴다

2006. 2. 21

작은 음악회

빼곡히 들어찬 객석을 둘러싸고
강렬하고도 푸른 빛줄기를 받으며
말없이 서 있는 웅장한 피아노의 자태가 고결하다

세찬 파도 밀려들다 썰물 되어 흰 거품 일면
연주자의 열 손가락은 화려하게 출렁인다
검은 건반 흰 건반을 따라 천상의 붉은 조명은 사랑 더하고
보랏빛 조명은 예술가의 무한한 열정으로 영역을 점령한다

잔잔히 흐르는 선율을 따라
제시카의 왼쪽 뺨을 타고 까닭 없이 흐르는 눈물은 소리도 없구나
아! 어쩌면!
사랑은 고통이다
사랑은 슬픔이다
사랑은 눈물이다
사랑은 그리움이다
사랑은 두려움이다
사랑은 볼 수 없음이다

사랑은 들음이다

사랑은 침묵이다

사랑은 그 무엇도 소유할 수 없음이다

대중 속의 고독함은

더욱더 피아노 건반에 응하는 연주자와의 일체로

인간은 신의 도구이듯이…

그렇게 사랑인가 보다

2009. 4. 29

두 그루의 노송나무

한 도시의 외딴곳 두 그루의 늙은 소나무 있었다
싱싱한 풀잎과 꽃들은 산소 부족으로 시들고 죽어가자
청년 같은 소나무도 말없이 등은 이리저리 굽어간다
껍질이 한두 겹 뚝뚝 떨어지더니 핏방울을 토해낸다
비명도 외침도 아우성도 저항도 없다

애인인지 연인인지?
아내인지 가지에 곱게 뻗은 침엽수림은
뽐내기나 하듯이 외로이 선 늙은 소나무 곁으로 가지를 굽힌다
아무도 봐주지 않는 그러나 짝을 만난 듯
즐거이 더욱더 가까이 다가선다
이젠 외롭지 않아 나를 사랑스레 돌보아 주는
아내의 손길이 있으니깐…
태초의 늙은 소나무는 다 떨어져 간 잎의 자리를 생생하고
뾰족한 잎사귀를 낳는다

늙은 소나무가 살아난다

죽음에서 소리 없는 미소로

매 순간 팔을 쉴 틈 없이 펼치는 여인의 노송 한그루

감싸듯 휘감더니 온기가 대지를 향해

뿌리 깊숙이 열기는 퍼져 간다

그 이후

보이지 않고 무심했던 두 그루의 노송나무가

오늘은 유난히도 반짝인다

2010. 10. 15

된장찌개

황태자의 식탁이다
시꺼먼 뚝배기의 솔솔 피어나는 시래기 된장국
센 불에서 중간 불로 그러다가 약 불로 지져낸 으음
된장을 보글보글 끓인다
뻣뻣한 시래기를 푹 데치고 껍질이 부드러워질 때까지
지극정성으로 벗겨낸다
마늘을 울퉁불퉁 두드려 모양새 없이 뿌려 넣는다
대파도 송송 썰어볼까?
이젠 시래기가 잘 다듬어졌으니깐 예쁘게 둥글게 말아놓자
보글보글 센 불에서 독성을 빼어볼까?
으음 코끝으로 흘러들어오는 이 내음
으아! 구수한 된장찌개
침이 꿀꺽! 한 숟가락 떠보니깐 난 황태자의 만찬에 초대 되었다

2010. 10. 17

선술집에서

달빛과 인공위성이 눈 맞추며 사랑을 얘기할 때
난 마음을 덜어 올렸다
꽃바람이 불어 향기가 짙어질 때 난 술집에 들렀다
선술집을 들어설 때 한구석의 천리향은
쾌쾌한 담배 냄새를 지우고 있었다
전기 화롯불에서 은은히 화형당하는 닭의 사체는 얼굴이 없었다
다만, 구수한 냄새로 희뿌연 연기를 날리며 무언의 몸짓으로
날카로운 꼬치에 꽂혀 있었다
어느 순간 태어나 꼬끼오 천 번 외치고 알 낳고 죽기까지
슬픔으로
그늘진 인간 위장에 장기기증이란 특허를 받은 닭들은
찬사를 받고 있었다

2012. 4. 13

껍질의 상실 1

태엽처럼 감긴 채 폭발할 것만 같은 일과들을 놓고
삼삼오오 펼치는 주술 같은 이야기들은
한 잔 두 잔 비우고 채워져 간다
뜨거운 기름불에 튀겨낸 굳은 은행 열매 안주마저도
껍질을 날리니 알맹이는 더더욱 촉촉하기만 하다
주점에서 기울인 술잔은 학식도 비우고 학벌도 잊어버리고
낡은 지갑도 잊은 채 엉킨 가시를 풀어내는
마법의 잔으로 웃음꽃 피운다

2012. 3. 10

껍질을 벗기고

묵혀 두었던 육체를 산책시키려 들길을 나섰다
듬성듬성한 소나무 사이로 스며드는 봄 햇살은
잠들었던 피부를 깨웠다
긴 하품의 발버둥으로 입이 열리자 알몸이 되었다

나무 사이로 넘나드는 청솔모도 벗었다
먹이를 찾아 부리를 쪼고 있던 딱따구리도 벗었다
초가집에 묶여있던 똥개도 짖어대더니 벌거벗었다

선술집에서 뜨거운 불길에 타고 있던 은행 열매도
쓴맛을 태우며 껍질을 벗었다
올망졸망 둥그런 접시에 누운 땅콩도 벗겨진 채
속살을 드러내었다

말 없는 손바닥에서 펼치는 타작마당의 벼 이삭도 깡그리 채
'후'라는 입김으로 단번에 알몸이 되었다

2012. 4. 20

마주 보는 빈 의자

그 무언가를 기다리는 듯 나무 의자는
간격을 두고 마주 보며 서 있었다

나누어질 수 없는 단 하나의 홑이불이
의자에 뉘어 숨을 쉬고 있었다

숨죽은 솜은
호흡을 가다듬고 상쾌하게 부풀어 올랐다

해가 저물자 아무 말 없이 홑이불은 떠났다
앙상한 뼈마디로 버티어 선 채
또 다른 그 무언가를 기다리는 빈 의자는
아마도 신의 안식처였을까?

2012. 8. 30

도시의 5일장

숨 가쁘게 돌아가는 사람들의 발자국이 분주하다
오후 어느 한때
추위가 잦아들어도 햇살은 잠시 머물다 떠난다
도시 한 모퉁이의 5일장은 쌀쌀한 냉기가 그늘을 만들어줘
장사꾼 얼굴은 희망이 가득하다
땅바닥에 터를 잡고 빨간 바구니에
옹기종기 쌓아둔 밭의 수확물은
손때가 꼬질꼬질하게 묻어나 있다
물건을 사려고 장사꾼과 홍정하는 아주머니들은
허름한 가죽 지갑을 열고
지폐 한 장 두 장 꺼내며 검정 비닐봉지 입을 쫙 벌린다
상인들은 찬바람에 못 이겨 영양분을 모조리 잃은 듯 쩍쩍 갈라진
메마른 손등과 손톱으로 파고든 흙을 안은 채
물건을 대차게 담는다
그러다가 아주머니들이 값을 좀 깎아달라고 졸라대면
응석에 못 이겨
구석진 곳에 내몰린 고추 한 소쿠리를 거저 담아 덤으로 준다
쪼그리고 앉아 시골 내음 풍기는 고즈넉한 늦은 오후의 5일장은
아직도 꺼지지 않고 살아있다

2014. 1. 1

책장수의 눈물

질기고 질긴 나일론 가방은
터지도록 꾹꾹 눌러 담은 책들 수북하다
어깨에 메고 줄기차게 뛰어다닌
검은 구두 엄지발가락에 구멍 났다
품팔이 월급은
꼬깃꼬깃 접힌 김밥 한 줄
따끈한 어묵 두 줄에 한숨 돌린다
이 집 저 집 돌아다니며 책장수 굶기조차 허다하다
뜨거운 햇살은 어느새 차가운 바람으로 한 해를 돌린다
이런저런 상처투성이로 그는 피멍이 들었다
길 건너편 하얀 지붕의 십자가가 그를 부른다
뚜벅뚜벅 기진맥진한 발걸음으로 계단을 오른다
침묵 속의 십자가 예수님도 나날이 지쳐 고개 숙인다
그곳을 바라본다
무거운 짐을 진 자 모두 내게로 오라고 말씀하신다
제대 위는 갑자기 한 방울 두 방울 눈물 가득하다
그는 묻는다

주님!

제가 어디까지 무너져야 합니까?

얼마만큼 참고 견디고 인내해야 합니까?

한참 동안 다시 그곳을 바라본다

그러나 무거운 침묵은 사라지고 사랑뿐이다

2014. 1. 12

그리움

내 맘속에 노란 한 송이 튤립 피었네
낮이면 임 향해 햇살 비추고
바람 불면 치맛자락 흩어질까?
숨어든 물 주기 한 모금 한 모금씩 머금고
꽃잎은 한들한들 춤추네

그때,
파랑 나비 무거운 날갯짓은 내 마음을 온통
사랑의 노래로 이끄네
잔잔한 애가는 그렇게 날마다 바람 따라 흐른다네

밤이면 그대 사랑 그리워
내 맘은 깊고 깊은 호수가 되네

영혼의 음성으로 속삭일 때면
그대는 노 젓는 뱃사공이 되네

사랑은 물결 타고

슬픔은 눈물 되어

보이지 않는 그대 손을 잡으려고

튤립은 더욱 힘차게 뿌리 내리네

파랑 나비 날개

오늘도 접었다 폈다

날아오르네

2014. 1. 20

개는 짖는다

주인 쇠줄에 묶인 강아지 한 마리가
산책길을 따라 즐겁게 걸어온다
목욕 가방 들고 맥없이 걸어가는 길에 한 여인과 눈을 마주친다
점점 가까워지더니 그녀가 우습고 힘없이 보였나?
다짜고짜 짖어대며 그 강아지는 무서운 이를 드러낸다
세상 아래 인간도 동물도 약자에게는 힘으로 덤벼드는 공격성
위협을 주고 나서는 뿌듯해하는 그 동물성
그래, 넌 역시 개새끼이구나!
강아지가 얌전히 걷다가 나약한 여성을 보고 으르렁대는
그래,
위협적인 동물이야!
주인이랑 그저 산책길만 따라가면
네 품위라도 지켜지겠구나 싶더니,
이유 없이 사납게 짖는 바람에 개새끼로 돌변하는
네 모습이 가련하다!
그 여인은 넌 개새끼야 개새끼라고!
한 번 더 공격하면 불에다 구워 먹어 버릴 거야
그러자 갑자기 그 강아지는 숙연해지고 얌전해졌다

동물임을 인정한 듯…

아무리 으르렁대어도 선인을 이길 수는 없을 거다

결국,

넌 주인 쇠줄에 묶인 강아지인걸

죽기까지 강아지로서의 품위라도 지키면 넌 참 잘 살아온 거겠지!

2017. 1. 8

도시 비둘기

어디로 보나 통통한데
360° 돌려보아도 그러한데
늘 대가리는 땅바닥에 조아리며 무리 지어
주둥이를 쪼아 먹이를 찾는다
시멘트길
운 좋은 날이면
누군가 먹다 흘린 과자 부스러기에 눈을 크게 뜬다
거인들의 행진이 수차례 이어져도 날지는 못한다
오로지 주둥이로 모이만을 찾는다
날이 저물면 날아오를까?
날개는 있어도 퇴화한 듯 대낮일수록 접혀있다
도시 비둘기가 살아가는 이유는 단지 대가리를 바닥에 처박고
무언가 배를 불릴 수 있는 찌꺼기만을 늘 찾아서 쪼기 때문일까?

2019. 3. 20

낡은 운동화

다른 운동화 치수보다 유난히 더 작다
성인 발 치수인데 초등생 발보다 더 작다
230mm 정도…
홈쇼핑 이리저리 뒤적거리다 값이 저렴하고 야무져 보이는
운동화를 발견했다
얼른 장바구니에 담아서 주문했다
상품평도 좋아서 후회 없을 거라 바로 구매했다
며칠 뒤 내 앞에 나타난 그 운동화
다른 제품들과 다르게 신발 크기가 작았다
그래도 신을 만해서 봄 여름 가을 겨울 사계절 비바람 맞으며
꿋꿋하게 신었다
세월이 흐르고 닳기 시작하더니 색깔도 변색되어 갔다
내 발이 갑자기 커지는 걸까? 신발 크기가 줄어든 걸까?
발가락 다섯 개가 불편해져 온다
평수가 좁아서 숨을 못 쉰다
발바닥과 발가락 사이마다 이리저리 부딪치더니 티눈이 생겼다
부대끼니깐 아프잖아! 이 좁은 공간에 들어가는 날에는
발가락이 시름시름 앓는다

자꾸만 더럽혀진 운동화에 시선이 간다
그냥 버릴까? 아니야 조금 더 참아보자
참는 것도 한계가 있다. 새것으로 교체할까?
낡은 운동화가 슬퍼한다
'저를 버리지 마세요'라고 호소한다
어쩌지! 이러지도 저러지도 못하고 난,
낡은 운동화 몰래 고민하다가 새 운동화를 주문했다
낡은 것은 버리고 새로운 문물을 받아들여야 하는데
마음이 열리지 않는다
조선 시대 홍선대원군의 통상수교거부정책을 뒤쫓다
한참 고민 후 문호 개방했는데,
다시 낡은 운동화를 꺼내 들고 옛것이 좋다고
익숙해진 물건이 좋다고 헤어지기 싫다고
마음을 달래며 신고 다닌다
지금은 21C
옛것만을 고집하려다가 신문물이 없으면 촌스럽겠지!
발가락아 두려워 마!
새 운동화가 지금 당장은 익숙하지 않아도 가까워질 거야

낡은 운동화도 지키고 새 운동화도 받아들이자

너무 새하얗다

거부감이 생긴다

어색해서 신장 안에 가두어 두었다

언젠가는 새 운동화도 빛을 보게 될 날이 있을 거야

늘 나들이할 준비 자세를 취하고 있는 새하얀 운동화가 꼬드긴다

2019. 3. 28

꿈속을 거닐며

사제와 식탁의 신비

싸늘한 대리석 앞에 우뚝 선
사제의 두 팔 쳐든 손끝으로
금빛 가루 쏟아진다

단아한 식탁에 변치 않는 금 접시엔
수북이 쌓인 동그란 흰 밀떡

삶의 무거운 걸음 한 계단 두 계단 오르고 내리면
백성들 두 손 고이 접어 그리스도의 몸을 먹는다

어린 희생양 한 마리로
핏물 가득히 메운 금잔 속
자신은 침묵으로 젓고
사제는 자신을 끊어버리는 가난의 신비로 성체를 삼킨다

가장 보잘것없는 그대들의 식탁
생명의 등불 앞에 이유 없이 흐르는 눈물로
얼어버린 심장은 또다시 녹아나도
변치 않는 그대와 난 바라볼 뿐이다

2005. 5. 14

악마와 팅커벨

붉게 익어 뾰족 선 콧날에
마음의 문을 활짝 열자
흡혈귀의 이는 목구멍을 뚫는다
그래도 죽지 않는다

천사의 날개 접히자
마귀는 번개로 화려한 마술을 부리는데
동물들은 우레 같은 박수를 보낸다

무기 하나 없는 저항의 웃음을 지닌 여인은
어둠을 덮고 빛을 밝히자 요술쟁이로 둔갑한다
하루에 수천 번 변신하는 인간의 모습은 해명할 길 없다

정원사가 정원의 풀을 뽑다 화려한 꽃 보석의 꽃을
베어버리는 어리석음의 반복은 생을 꺾은 마귀할멈이다
굽어진 허리 썩어 문드러진 잇몸으로 흐르는 피투성이의
회고는 바로 세워질 것인가?

겨울 햇살 흐르는 창문을 열고 또다시 활짝 열어보자
그곳은 천국밖에 모르는 단 한 사람과 만난다
사자도 악마도 곰도 호랑이도 무서워 않는 한 아기

무인도를 두려워하는 한 팅커벨
단, 둘만의 요란한 사랑의 소리는 함박꽃으로 뒹군다
모든 것을 내어 주어도 우린 항상 그대로다!

이것이 바로 하늘의 사랑이 아닐까?

2006. 12. 29

Black & White

어둡고 암울한 색의 상징인 Black이여!
굶주림과 빈곤에 헐떡이던 검정 고무신
오물이 쌓였는지도 알아보지 못하는 까만색

옹기종기 모여든 대식구들의 몸을 녹이는 연탄의 불씨로
서서히 밝고 희망찬 날들로 지새운다
악의 세계를 태우는 불꽃은 희고도 고운 White로 재를 남긴다

꼭 다문 입술로 타들어 가는 고통의 정화는
소리 없이 쏟아내는 화롯불 같구나
뽀얗게 쌓인 먼지투성이를 거두고 잠재우던
책표지를 열면 모욕했던 십자가의 향기가 피어난다

악이 좋아 지배했던 세상을 물끄러미 멈추고
한참을 바라본 곳은 두 글자인 '사랑'이야

사랑의 주머니를 풀고 날마다 풍성히 물을 준 그 꽃씨는

자라서 메마른 영혼에 향기를 주고

침묵 속 해골을 심은 무덤조차 아름다운 연인으로 피어난다

2006. 1. 29

신비의 문

가녀린 불빛 한 조각 밝히면 폐허가 되어
얼어붙은 땅 위는 흙으로 채워지고 살아난다
대문을 활짝 열고 성큼 내디딘 발걸음은
그 무슨 이상향으로 걸어가고 있었단 말인가?

칸막이 하나 두고 비벼대는 유령 같은 스산한 소리가
잠자는 여인을 깨우는가?
넘지도 건너지도 못하는 연약한 가슴 포개고
전진한다는 착각으로 보이지 않는 세계의 문을
어제도 오늘도 열어 제친다
날 때부터 눈먼 자처럼 두 눈동자는 나날이 사라지고
날쌘 정신은 뒷문인지 앞문인지 모른 채
어디로 가고 있는지도 모른 채 방황하였다
인연의 문고리를 열려고 잡아당기면 당길수록 멀어져가는
임의 숨소리는 이별을 고한다

이후 신선한 생기가 돋아나는
야릇한 환상의 문고리를 다시 당기려는 야심의 눈길을
뚫어지게 캐어 내다가
결국, 주저앉고 깨어나면 아무것도 없다

찾으면 찾을수록 공허한 세계로 돌아서는 그대는 있어도 없는가?
찬바람을 거두고 닫는 그 문은
맨발의 아기와 깊은 포옹으로
침묵 속에 잠긴다

2007. 12. 5

도시 문명

무더운 여름날이어도 이 산은 새하얀 눈으로 덮여 있어서
생명은 깊이 잠들어 깨어나지도 못한 채 푸른 숲은 가려져 있다
싸늘한 태양이 서편 한가운데로 떠오르더니
인적 하나 없던 산의 고개 고개마다 빛을 가득 뿌려준다
그 누구도 올라서서 녹일 수 없는
저토록 깊고 깊이 쌓인 눈의 적막함을
녹이는 자연의 위대함이여!
초록색이 만발하고 숨을 쉰다
꽃들이 피어나자 풀벌레도 안식을 찾은 듯 날아들고
가을바람의 향기는 현악기의 짙고 가느다란 음색을 켜듯
마법의 지팡이처럼 잠든 언덕을 알록달록 물들인다
인간 발자국의 흔적은 없는데
무엇이 그토록 맑은 눈을 어둠 속으로 가두고
짓밟힌 듯 굳히게 하는가?
기계문명과 산업화의 고갈로 벌거숭이로 되어 가는데도
저항 못 하는 산들이여!

도시의 시멘트로 죄의 무게를 덧씌우니
평화의 쉼터는 굽힐 줄 모르는 목덜미의 뻣뻣함으로
나날이 병들어 가고만 있다
심장을 숨 쉬게 하는 푸른 풀잎들은 이렇게 깎여가고
텅 빈 골짜기는 흉하도록 세상에 드러나는구나!

2009. 2. 10

잡념

그대들은 생과 사를 거닐고 있는가?
보이지 않는 숲속의 길을 걷다 보면
안개만 더욱 자욱하여
쉬었다 가세나
인생의 나그네여
주저앉아 보니 죽음의 안개 걷히고
결국,
생은 죽음인가?
그러므로,
'죽어야 사느니라' 나오지 않던가?

- 엇갈림이란

- 착각의 발생은

살기만을 바라고 죽기를 게을리하였으니

마치 살아있음이 죽은 것으로 환영에 빠짐이 아니던가?

나와 학문의 일치는 나와 옛 선조들의 발자취는

나와 책과의 관계이지 않은가?

그래서 작음이라 한다

2009. 3. 20

그 이름 모를 물고기

어디로 왔다가 어디로 가는가?
그 이름 모를 물고기는 깊고 깊은 바닷가에서
지금도 무수한 헤엄을 치면서 플랑크톤을 먹으며 살아가겠지!
다른 물고기가 오늘 눈을 뜨고 열심히 헤엄을 치듯이
그 이름 모를 물고기도 오늘 눈을 뜨고
더욱더 열심히 헤엄칠 거야
물고기의 본업이니깐
온종일 먹이 찾아 헤엄치다 지친 지느러미
바위틈에서 춤추고 있는 산호초 옆에 쉬었다 갈까나
산호초는 너울너울 손짓만 하고
싫다느니 좋다느니 아무 대꾸도 없다
이름 모를 물고기는 화사한 자리에서 노래를 부르는데
지느러미 뽐내며 또 다른 물고기가 나타난다
그 자리는 물고기의 생명체를 탄생케 했다
그리고는 훌쩍 떠나버린다

새끼가 나오려나 비명을 지를 수도 없는 인어의 모습처럼
온 몸을 던져 버린다
새끼가 수십 마리 쏟아진다
그렇게 인사도 없이 제 갈 길을 파도가 치는 대로 떠나간다
그 이름 모를 물고기는 바위틈의 화장터에 내동댕이치듯이
최대의 발악을 하며 생을 마감한다

2009. 4. 29

꿈속에서

그리워 말 못 하고
사랑한다 말 못 하고
허공 저 끝까지
언제 오려나 언제 오려나
내 마음 깊숙한 그곳
눈감고 지샌 밤
걷고 또 걷다가
빗물에 씻긴 아담한 달맞이꽃 눈인사
사랑해요 라는
격정적인 몸부림의 회우로
소용돌이치다 눈물만 남기고 멈칫한다

2011. 3. 10

남몰래 흘리는 눈물

잠든 사이 흰 눈이 내려도 소리 한점 없는 겨울
수북이 쌓인 눈이 거추장스럽다 하여
어둑한 창고에 세워둔 투박한 삽이 춤춘다
천지가 하얗다 하여도 움츠린 생명체들
뿌리만 내리고 따스한 봄날을 기다리는
여 내음이 잠든 사이
피어나려 해도 기다려야만 하는 순간순간 시간 속에
빗물처럼 고인 눈물은 바람 한 점 볼을 스쳐지나도
어여쁜 꽃이 떨어져도
시냇가에 새들이 날아들어도 눈물은 흐른다
까맣게 묻어난 바지 주머니 한쪽 편에
꼬깃꼬깃 뭉쳐진 흰 손수건 꺼내어 얼굴을 훔친다
그러다가 가로수를 거닐면
담장 너머로 향기 없는 5월의 장미는
더는 피어나지 못하여 축 처진 채
붉은빛을 더한다
살려는 의지 없는 장미는
가시넝쿨에 휘감겨 자신을 그저 내어 맡길 뿐이다

몸부림치며 가시를 벗어나지는 못한 채
운명인 양 소리 없이 내어 맡기는 장미는
붉은 잎을 모은 채 아무런 말이 없다
더욱더 아름다워 바라보지만
정열의 불꽃은 꽃잎 단장으로 눈물을 모을 뿐
잎을 다물 뿐이다
그러다가
바람이 불면
꼭 다문 붉은 입술은 열리고
남몰래 커다란 붉은 장미도 눈물 흘릴 거야

2013. 5. 13

가시나무 새

어느 커다란 산골 마을
널따란 숲으로 울려 퍼지는
매미들의 울부짖음은
환희인가
슬픔인가
어둠 속에서 날갯짓하며 날아오르려 하지만
고목을 떠나지 못해 그 자리에서 죽음을 맞이하는가?
기나긴 삶의 태동에서 이토록 짧은 운명을 맺는
그대 앞에서 아무런 말없이 숙연해진다

아주 작은 가시나무 새를 보라
보려 해도 보이지 않는 전설의 새
광활한 평야가 그대의 보금자리이지만
머무르는 곳은 천만분의 일의 자리가 안식처이다
아름다운 숲속을 다 찾아 헤매이었어도
죽기 위해 살아온 그것도 단 한 번의 울음으로
생을 맞이하는 그대
자신의 가슴을 단 한 번 가시에 찌르고
고귀한 비운의 노래를 부르며 사라지는 운명은 있을까?

왜 그토록 처절하게 죽어야만 하는지를 그 누가
말할 수 있는가?

닮았다 그대는
바라보라 십자가
무한한 신비일 뿐

2013. 7. 19

기괴한 이야기

큰 나무

재활용 봉투에 그 무언가를 채웠다
1층 밖 트렁크에 던져 넣었다
문득 들린다
단, 한 번도 관심을 가져본 적 없는 나무였다
놀이터에 뿌리를 박고 키 큰 나무 서 있다
무덥고 후덥지근한 날씨가 잠들었다
시원한 바람이 땅을 식힌다
귓가에 들린다
사그락사그락 바스락바스락
바람 따라 이름 모를 나무 잎사귀 춤을 춘다
어쩌면 강렬한 입맞춤을 하는지도 모른다
사그락사그락 바스락바스락
더 행복할 수 없다고 재잘거린다
몸채가 굵은 그 나무
캄캄한 밤이어도 들린다

간지럽다

불필요한 것들을 쓰레기통에 던지고 뒤로 돌아서는데

그 나무는 손뼉도 쳐 주었다

다 비웠냐고… 묻기도 한다

2019. 7. 16

오늘은 휴무다

오늘은 휴무다
온종일 노트북은 열기를 뿜고 있다
엊저녁 새우깡 감자 스낵만 두 봉지 먹자니 그래서
카스 맥주 한 캔을 샀다
맥주 쏟을까 봐 빨대 꽂아서 후루룩 마시며
지나온 글을 읽어 보았다
우선 자신의 글을 보았는데 거의 먹는 듯 게걸스러웠다
이젠 제발 나잇값을 해서
품위 있게 좀 살아야 하지 않겠나 싶어도
성질이 직선이고 급한 것은 어쩔 수가 없는 것일까?
참는 자에게 복이 있나니! 오 주님 제 성질 삭혀 주소서!
되뇌곤 하지만
경상도 그 성격 정말 짜증 난다

어제 새벽까지는 책상이 과자 부스러기로 가득했는데
오늘은 말끔히 닦아 내었다
청소하기 전 엄마랑 티격태격 그런데 진공청소기에
전기를 꽂는데 갑자기 전기가 안 들어온다

아! 완전 재수가 없다.

부품 교체가 필요한가 보다

얼른 고객센터에 전화 건다

나 뭐지! 남들 가지고 다니는 자동차 없어서

방문기사 신청해야 하나?

아! 진짜 되는 게 없네!

추석도 끼었는데…

누군가 물어보겠지?

니는 젊었을 때 뭐 했노!

여태껏 자동차도 없이… 그때 대답한다

응 세상 더럽고 무서워서 집에서 꼼짝도 안 하고 살았지!

그럼 속 좁게 살았겠구먼!

글쎄 공간은 좁았어도 속은 넓을 수도 있겠지!

아따 금시초문인데 속은 넓을 수도 있겠지!

그건 아마도 절실히 필요해지면 모를까?

아직은 불편해도 살아야겄제! 안 그렇나!

문득 덩달이는 그래, 어찌 보면 맞는 말이것제!

어허 책상엔 웬 오렌지 연필깎이가 생겼네
눈은 외눈에다가 뿔은 두 개나 나 있고 오렌지 옷을 입고
흰 얼굴을 한 도깨비 친구 갑네!
괴상 망 직하지만 볼 만하군
그렇게 보이나?
오늘은 도깨비에게 얼마만큼 먹을 것을 주었나?
새로이 택배로 도착 후 뜯어본 지금까지
나무연필 4개 정도 갉아 먹더구먼!
그렇군, 적당히 배부르겠군!
오늘 하루 고생 많았네
도깨비 챙기느라!
그럼 나중에 다시 연락하겠네…
언제 다시 볼는지 기약은 못 하겠구먼
그거 알지 않나? 무소식이 희소식이라는 것을…
그렇긴 하지!
그럼 시간도 늦었으니 잘 자게나!

2019. 9. 10

까만 하늘

새벽녘 밤하늘 이보다 더 까맣게 그려질 수 있을까?
창밖을 잠시 내다보면 틈틈이 네온사인의 불빛이 있다지만
이 순간처럼 칠흑 같은 밤은 처음이야!
열두 가지 색 크레파스에 든 검은색보다 더욱 짙은 밤
하늘은 까만데 내 눈은 온통 하얀색이다
잠들 수 없는 생계의 수단을 향해 몸부림도 쳐보지 못하고
묵묵히 스며들어야 하는 이 시간 끝은 있을까?
공포의 두 시를 간신히 넘기며 눈동자에 휴식을 가한다
한 점을 대기하고 있는 마침표는 시작을 향해 넘어가고 넘어간다
초침을 달리는 시계 초침은 한순간이다
한 동작과 한 걸음뿐인데도 한 바퀴를 돌았다
시간의 개념은 내가 지금 무엇을 하고 있는가에 대한
명확한 존재의식을 표명하고자 함이다

난 어둡지만 어둡지가 아니하고 밝지만 밝지 못한 것은
그 무언가를 생각하고 몰입하고 있기 때문이다
밤하늘이 까맣다고 해도 멈출 수 없이 흘러가는 또 다른 삶의
한가운데 나는 서 있다
자판기의 커서처럼…

2019. 9. 18

선물 받은 연필

지금 내 손엔 물 건너온 연필이 잡혀있다
친하지 않은 직장동료가 기쁜 마음으로 하나씩 나누어준
이 연필 맨 위에 하얀 지우개도 달려있다
처음에는 각져 있었는데 이리 뒹굴 저리 뒹굴
본인의 의지와는 무관한 채 잘못된 곳을 지우고 또 고쳐쓰기를
여러 번 반복하니 동글동글 다듬어져 있다
연필심은 참 부드럽다
그래서 손에 쥐고 아무렇게 자유자재로 써 내려가고 싶다
연필 바탕 면에 바닷속 생물들이 노닐고 있다
잠시 멈추고 바라본다
이 속으로 빠져들고 싶어진다
난 샤프보다 연필이 좋다
쓰면 쓸수록 뭉텅하고 투박해져도
정감을 불러일으키니깐 말이다

2019. 10. 1

코로나바이러스19

이천 이십 년 이월은 빨강 불이 켜졌다
보통 빨강은 화재경보, 지진사태 시
대피의 비상벨로… 그러나

지금 이 순간 코로나바이러스19가
좀비처럼 인간 호흡기를 침투한다
전 세계적으로 빨강 불이 켜졌다

여러 나라에서
바이러스를 막기 위해 입을 차단했다
속 시끄러운 세상,

어느 순간 쥐 죽은 듯 조용하다
거리도 한가하다
죽을까 봐 피신해있나?
몸이 사라지니 입도 사라진다
나타나는 인간이 거의 없다 보니
거의 다 놀고먹는다

뉴스와 휴대전화는 재난방송으로
방구석에 숨어있는 인간을
살리는 것인지 죽이는 것인지
분간이 힘들 만큼 진동벨이 울린다

그 이름 코로나바이러스19
폐를 점령해 숨이 막혀 죽어 버린다
호흡 못 하도록 죽여 버린다
미세한 이 균은 총알 대포보다 더 강력하다
전 세계가 쥐 죽기 바라는 코로나바이러스19
정말 경이롭다!

2020. 2. 20

21세기 대재앙

바이러스 대수롭지 않아
침투당해 보지 않은 자가 이웃집 불구경하듯
뭐! 큰일이야 있으려고!
잠시 방송 떴다가 사라지겠지?
어느 인간은 콧방귀 끼고 그냥 지나치기도 한다
설마 죽을까 내가…
난 신을 믿고 있으니깐 아무 일도 없을 거야!

방심하며 평소처럼 편의대로 살아갔다
뭐! 그까짓 바이러스 메르스도 지나갔는데
그런데 이상하다 온종일 지날수록 인간 목숨 쪼여 든다
멀고 먼 위기가 바로 내 앞에 밀려온다
너무도 긴 세월!
난 홍청망청
먹고 싶은 것 돼지같이 처먹어 대었다
게걸스레…
쾌락인가 욕망인가 영혼의 굶주림이었던가?
죽기 전 짧지만

신 앞에 무릎 꿇는다
저는 죄 많은 인간입니다

21세기 2월
사람들이 조금씩 사라졌다
3월은 골목마다 도로마다…
그러다가
인간보다 먼지만 휑하니 지나간다
거리는 어느새 쉿!
지금 나가다가는
넌 살아남기 힘들어!
집 밖으로 나가면 주검이야!
좁은 공간이지만
안전한 집구석으로 들어가!
그러면 목숨은 잃지 않을 테니깐!
코로나바이러스19라는 주검의 그림자가
으르렁거리며 건강한 사람을 찾아 설치고 다닌다고!

좀비처럼 돌아다니는
악의 바이러스
연약한 인간을 잡아먹으러 어슬렁어슬렁 돌고 있군!
쉿 잠시 숨을 멈추고
눈을 감아봐
쥐 죽은 듯 우린 조용히 있어야 해

21세기 대재앙이야!
뱀을 쳐다보지 마!
절대로 십자가 예수님을 바라보며
코로나바이러스19가 물러가길
간절히 청해야 해
분명히 사라질 거야! 좀비는…
그날이 언제인지는 아무도 몰라

분명한 것은
21세기 대재앙 앞에 굴복하지 마!
우린 인내의 싸움에서 이겨내야 해

밝은 날이 올 때까지 집구석에서 잘 지내
밖으로 나오고 싶을 땐 꼼짝 마!
이 순간만은 두 손 들어야 해
쉿! 조용히! 좀비가 문 앞을 지나가고 있어!
쥐도 새도 모르게 집구석에 붙어있어!
21세기 대재앙이 물러갈 때까지는
그럼 지구인이여 안녕
가브리엘 천사가 착한 이에게 평화를 전하며…

2020. 3. 15

사랑한다는 것은

내가 존재하는 것

어둠 속을 걷지 않고 빛을 향해 나아가는 것

내가 움직이든

움직이지 않든

어둠을 헤치고 빠져나오는 것

무언가를 찾아서

봉사하든

일하든

생각하든

끊임없이 이상을 향해 노력하는 것

이상이 결국 현실화되면

또 하나의 사랑이 완성되는 것

사랑한다는 것은

잠시 쉬었다가

고요히 머물다가

또다시 생명을 증명하기 위해

앞으로 나아가는 것

내가 살아있고 숨 쉬는 것은

신의 무한한 사랑이라고 깨닫는 순간

더는

완전한 사랑은 없다고…

최고의 사랑은

너와 나

무엇이든

만났다는 것

일치되었다는 것

그저 행복일 뿐

더는

아무것도 없다는 것

사랑은 존재하지 않은 것 같지만

늘 존재하는 것

움직이든 움직이지 않든

사랑하든

사랑받든

일치되는 순간

완전한 사랑이 되지

2020. 4. 1